荒野の

田中敏之
TANAKA TOSHIYUKI

幻冬舎MC

本作は二〇二一年八月に小社より刊行された『追憶～あるアル中患者の手記～』に加筆・修正したものです。

目次

第三章　永遠への回帰

第一章　悲の断片

第一節　母の思い出

一九七三年の春まだ浅い頃、学生だった私は東京から長崎を旅した帰途《きと》、山陰路に入って、母の住む倉吉に立ち寄《よ》った。母はこぼれるような笑みを浮かべて私を迎《むか》え、私が一泊した翌日、別れを惜しんで、花霞《はながすみ》に煙《けむ》る打吹山《うつぶきやま》の桜の園《その》に私を誘《いざな》った。その日は春一番にも似《に》た強い風が吹いていて、夥《おびただ》しい桜の花びらが流れるように風に舞い散っていた。私は母と一緒《いっしょ》に公園のベンチに坐《すわ》って、体が凍《こご》え切るまで桜の並木を見て過《す》ごした。

その頃の私はと言えば、学生運動から落伍して、東京の巷《ちまた》に息を潜《ひそ》めて暮らしていた。かつての仲間が惨殺《ざんさつ》されたというニュースを、背中で聞き流しては心を凍《こお》らせた。そんな心の闇《やみ》を桜の花吹雪が吹き抜けていった。満開の桜は風にそよぎながら笑っているようにも、泣いているようにも見えた。降《ふ》り注ぐ花びらが流れ落ちる涙のように見え、死んだ友の亡霊《ぼうれい》がその中に浮かんでいるようにも見えた。私はいつになく感傷の涙を流して桜に見《み》惚《と》れ、そして、生まれて初《はじ》めて、桜を美《うつく》しいと思った。

そんなことがあってから数年経《た》ったとある秋の日の夕暮れ、私は東京の下宿を引き払って、母の居《い》る倉吉に住み着くために帰郷した。母はそんな私を不思議なほど無表情に迎《むか》えた。私が帰ってきた理由がわからなかったのだ。

しばらくして、母は読書に勤《いそ》しむ私を山歩きに誘い出した。小春日和《こはるびより》のやわらかな秋の日射しが、木々の枯葉を透《す》かして、幾筋も地面に降《ふ》り注ぎ、その斑模様《まだらもよう》の日溜《ひだま》りが、風のそよぎと共に揺れ動いた。そんな木洩《こも》れ日の群れ遊ぶ山際《やまぎわ》の小道を、母はタッタッと駆《か》け上がって、少しく小高くて平らなところまで登り詰《つ》めると、はじけるような声をあげて笑った。「まだこんなに若いのだ、まだこんなに元気なのだ」と、見《み》せてみたかったのだ。

しかし、その笑顔が私の覚《おぼ》えている母の最後の笑顔となった。私は読書に埋没して、母のことなど気にも留《と》めなかったたし、そんな余裕もなかった。それでも母は私を好きにさせて、文句《もんく》の一つも言わなかった。そして、私を助《たす》けようとするばかりだった。無論、私はそんな母を顧《かえり》みることもなかった。やがて、私が仕事に就《つ》くと、益々《ますます》そんな傾向に拍車が掛かった。かてて加《くわ》えて、私は自分の人生の屈折を、酒なしには耐《た》えることができなかった。いつともなく酒量が増し、やがて心と体に障害が出始めた。いつしか外の世界が疎《うと》ましく、厭《いと》わしいものになって、私は虚無の壁に囲まれた自分だけの世界で、酒に浸《ひた》って生《い》きるようになっていた。

そんな私にとって、母の私への関わりは何であれ、ただ面倒《めんどう》で下《くだ》らないことに思われた。母が何を言っても、ただ煩《うるさ》いと思うばかりだった。そんなふうにして、私は知らず知らずのうちに、母の夢と誇《ほこ》りを裏切《うらぎ》っていった。そして帰郷してから十年も経《た》った頃になって、やっと母は「お前は仕事しかしない。家のことを何もしない」と、愚痴《ぐち》をこぼすようになっていた。そしていつしか二十年の歳月《さいげつ》が過ぎる頃には、母の顔は次第に穏《おだ》やかさを失って、やがて不満にこわばり、険《けわ》しく歪《ゆが》んでいった。そして、最後の頃には、もう母と私の間に通じる言葉はなくなっていた。二人の間《あいだ》には、ただ真空の空間があるばかりで、怒鳴《どな》っても喚《わめ》いても、私の言葉は母に届《とど》かなくなっていた。母は「お前が悪い、お前が悪い」と、狂ったように罵《ののし》って暴れた。私の絶望的な生き様《ざま》が母の悲哀《ひあい》と狂気を誘《さそ》ったのだ。私は何を言っても、言《い》うことを聞いてくれなくなった母を持て余《あま》した。老いて惚《ぼ》けていく母との生活は、どうにも立ち行かなくなっていった。そうして私は母の介護を諦《あきら》めて、母を和歌山の姉に預《あず》けてしまった。丁度《ちょうど》、私の店が破産した騒擾《そうじょう》にかこつけて、母を厄介払《やっかいばら》いしたのだ。それは母の自ら望《のぞ》んだことでもあった。

私は母のことを忘れようとし、母からの手紙を封《ふう》も切らないで捨てていった。ふと電話してきた姉の話によれば、母は惚《ぼ》けてなどいないで、姉の末娘とよく遊んで、私について思い出話をしているという。私は意外に思《おも》ったが、何を今更《いまさら》と思うよりほかなかった。それに私のアル中は年と共に進行し、四十代もなかばを過《す》ぎると、末期的になっていた。そんなふうで、私は一度は帰ろうとした母を頑《かたく》なに拒《こば》んで受《う》け容れなかった。そしてそれら母のことごとを、ほとんど無感覚に受け流していった。そして母は姉のところで六年過《す》ごしてから肺炎を患《わずら》って死《し》んだ。

その日、私はそうとは知らずに、夜明け前の仕事を終えて帰る途中《とちゅう》、不意に記憶を失って、どうしていいのか分からなくなり、仕方《しかた》なく酒を飲んで、そのまま公園で眠《ねむ》ってしまった。昼下がりになって目覚《めざ》め、記憶が戻っていて安堵《あんど》したものの、そんな自分を訝《いぶか》しく思ったものだった。それが母の死んだ頃のことだったと気《き》が付いたのは、またずっとあとになってからのことだった。

母の訃報《ふほう》が入ると、私は母を捨てた罪の意識から酒に酔い痴《し》れ、葬式に立とうとしても立てなかった。そして、酒と共に孤独の闇《やみ》に沈むことが、なぜか母に対する私の愛情のように思って涙した。そのまま酩酊《めいてい》して意識を失い、翌朝、ブラックアウト（記憶喪失）の中に目覚めると、不安から逃《のが》れるように酒を口に含《ふく》んで仕事に出かけた。

そうこうして、ぼんやりした母の記憶を懐《いだ》いたまま、一週間ほど酒に溺《おぼ》れて宿酔《しゅくすい》の中に過ごしたろうか。知人から改《あらた》めて母の死を告げられて、不思議な驚きをもって、それを受け止《と》めた。知人たちは親の葬式を投げた私を外道《げどう》とも極道《ごくどう》とも呼んだ。

後悔の念に襲われたのは、それからまた随分《ずいぶん》と、月日が経ってからのことだった。私は飲み屋《や》で酒を飲みながら、ふとよみがえってきた母の記憶に心を傷《いた》めて、「ああ、一度でいいから親孝行の真似事《まねごと》をして、御袋《おふくろ》の喜ぶ顔を見ておくのだった」と独《ひと》りごちていた。酒を注《つ》ぎにやってきた若い女は、天井を見上げて「あら、皆《みんな》そうなのよ。親が死ぬと、親孝行《こうこう》をしてみたくなるものなのよ」と言って笑った。

私はよろずのことに無感動《むかんどう》になっていて、そんな月並みな感情に心が疼《うず》くことに、自分でも驚《おどろ》きながら、独《ひと》り酔い痴《し》れるまで酒を飲むしかなかった。

それから二年ほどして私の酒の中毒《ちゅうどく》は最終段階に入り、私はほとんどすべてを無《な》くして、雪に覆《おお》われた田舎の山野をさすらっていた。言い知れぬ恐れを背負った逃避行だった。すでに連続飲酒に陥《おちい》っていて、どうしても酒が止《と》まらなくて、反吐《へど》を吐《は》きながら、冷たくて苦《にが》い酒を飲み続けた。やがて追い詰《つ》められて、死を捜《さが》し求めたが、死に切れなかった。そのまま行き場をなくして路頭《ろとう》に迷っていった。そして、行き倒《だお》れになる苦しみに堪《た》え兼《か》ねて、ただ一人の肉親である姉に助けを求めた。死ぬことを諦《あきら》めて、恥を忍《しの》んで生きることを選んだのだ。自分の力で生きることも死ぬこともできなくなった悔《くや》しさで心が裂《さ》けたが、運を天に任《まか》せて、もはや考えなかった。そして、助けに来た姉に導《みちび》かれて、大阪のアル中の施設の門を叩《たた》いた。私はそこに自分のすべてを委《ゆだ》ねて、やっと酒を止《や》めることができた。

酒が止まったと言っても、それから禁断《きんだん》症状の日々が続いた。まるで宙に浮かんで、霧の中をさ迷《まよ》うようだった。幻聴を聞いたこともあれば、幻覚を見たこともあった。それに飲酒と放浪でボロボロに傷《いた》んだ体は、容易にもとには戻らなかった。私はそこで自分が一人の廃人《はいじん》であることに、否応《いやおう》もなく、気付かされた。落ち着きを取り戻《もど》すようになると、フラッシュバックが起こった。幼かった頃の泣《な》き出したいような、ハラハラした時の不安が、わけもなくよみがえってきて、心に取り憑《つ》いて離れなかった。そのほとんどは母がいなくなることとの不安《ふあん》だったが、母のドクドクという心臓《しんぞう》の鼓動が聞こえてくることもあって、妙《みょう》な心地《ここち》になるのだった。

幼い日には、母から離《はな》れては恐れと戦《おのの》きに苛《さいな》まれた。母を見失って何度泣いたことだろう。母にしがみついて歩いた米子の街路。故郷《ふるさと》の峠道。母の手を握《にぎ》って待った夜の停車場。その線路脇には、街灯に照らされて、月見草が仄《ほの》かに黄色い花を咲《さ》かせていた。

母と一緒にいた思い出は巡って尽きなかった。幼《おさな》い私に野球のグローブを買ってくれた母。私の手を引《ひ》いて球場に連れて行ってくれた母。その外野席の草叢《くさむら》で、母と一緒《いっしょ》に踏みしだかれたクローバーを一つ一つ起《お》こしてやった。


そんな母の思い出が募《つの》ってきた折り、私はふと若かった頃の母の笑顔を思い出した。母はまだ幼かった私の耳元に、そっと内緒《ないしょ》の話を囁《ささや》いた。

「おじいさんがね、お前は後生《ごしょう》よしだ。本当にトシは素直《すなお》ないい子だ、と言《い》ってらしたよ」

母は嬉《うれ》しそうに微笑《ほほえ》んでいた。――母は優しかった祖父の末っ子として生まれた。可愛《かわい》がられて育てられたが、いかにも弱かった。旧家に嫁《とつ》いで子を産んだものの、その子を残して里に逃げ帰った。その不幸を哀《あわ》れんだ祖父は、やがて母を人里離れた片田舎の、真面目なだけが取り柄《え》の男と再婚させた。母はそこで私を産んだ。貧しいばかりの生活だった。母はその貧しさに向けられた世間からの侮蔑《ぶべつ》の視線にいつも怯《おび》えていた。母はそんな悲哀を重ねてきたが、最後にこんないい子を授《さず》かって、「あとは後生《ごしょう》よしとなるばかりだろう」というのが、祖父の願いでも、予感《よかん》でもあったのだ。

しかし、祖父の願いも予感も空しく外《はず》れてしまった。私は母から奪うだけ奪って、母を顧《かえり》みることもなく、不幸の中《うち》に死なせてしまった。何と大きな犠牲を払わせたことだろう。何と思いやることのなかったことだろう。そしてすべてが過《す》ぎ去ってから、母の悲しみを思って心を傷《いた》めるしかなかった。

それにしても私は優《やさ》しい子のはずだった。ラジオから流《なが》れるアンクル・トムズ・ケビンの放送が悲しくて、家の外に出て泣いた。私が通《かよ》った教会のシスターは、私を女の子よりも優しいと言《い》った。無論、私が優しいとしたら、それは母の優しさだった。私の身《み》も心ももともとは母のものだった。私はそんな母の中から巣立《すだ》とうとして身をもがき、母をあとにして一人羽《は》ばたいてきた。そして、いつしか三十余年の歳月を過ぎ越《こ》していた。それは私自身が不幸になることによって、親不孝のかぎりを尽《つ》くすことだった。

しかし、そんな私の身勝手《みがって》な人生も終わりに近づいた。自分の死を予感するようになって、私はしきりに自分の原点、母の中に帰ろうとする衝動《しょうどう》に駆《か》られるようになっていた。

風雪の荒野をさ迷《まよ》う少し前、私は姉に頼んで母の骨を手に入《い》れようとしたことがあった。母の骨を抱いて死んだなら、また母の中に眠《ねむ》り込めるように思ったのだ。無論《むろん》、そんな私の願いは叶《かな》うはずもなかった。――母の骨は、姉の教会の納骨堂《のうこつどう》に父の骨と一緒《いっしょ》に眠っている――それもいいだろう。私が死んだなら、どの道、その納骨堂に収《おさ》まるのだ。母は、今は生《い》きろ、と言っていたのだろう。

アルコール中毒で病み衰えて、死線をさ迷《まよ》った私は、自《みずか》らの死への関わりによって、永遠へと回《まわ》し向けられ、浄化されていくように思われた。それが悲しみを優しさに転化《てんか》していった母の生き方でもあったろう。

私は、今、この時、この場所で、ほかならぬ私が生《い》きてきた人生を、より本源的なところから捉《とら》え直し、生き直すことが、自分に残されたなすべきことであり、またそれが自分の犯した罪の償《つぐな》いでも、失われた人生の取り戻しでもあると思《おも》うのだ。

第二節　友の死

アル中の施設に入《はい》った私を待っていたのは、厳《きび》しい収容生活だった。楽しみと言えば、月に一度、仲間たちと一キロほど離れたビルの中のスパ温泉に行《い》かせてもらえることだった。そこには作り物の岩風呂があって、日《ひ》がな一日、その湯に浸《つ》かって、よく思い出に耽《ふけ》った。

岩風呂と言えば、私の住んでいた倉吉から少しく山奥に入った湯原《ゆばら》湖の近くにいいところがあった。その峡谷《きょうこく》のダムの下から流れ出る大川に沿《そ》った河川敷《かせんしき》に、露天の岩風呂が数珠繋《じゅずつな》ぎに続いていた。その川下《かわしも》には箱庭のような湯原の街並《まちな》みが、明治か大正の昔に帰ったような鄙《ひな》びた佇《たたず》まいを、湯煙の中に覗《のぞ》かせていた。

この昔ながらの温泉街《まち》で、友人のKとよく飲んで遊んでは、露天の岩風呂に入った。Kは私の友達にしては珍《めずら》しく成功した男で、数億の遊び金を持っていたが、すでに癌《がん》を患《わずら》っていて、あとは死ぬばかりの人生を、酒と共に飲み干《ほ》そうとしていた。Kは「付《つ》いてきてくれるか」ポツリと口にした。彼は私に巡り逢《あ》って、私を死出の旅路の道連れにしようとしたのには違《ちが》いなかった。

Kは夜ごとに山の中の私の家を訪《おとず》れては、両手に抱えてきた酒と食糧で自分勝手に酒宴《しゅえん》を開いて遊んでいった。当時の私はと言えば、自分の店を破産させたばかりで、家族も財産も失って、なかばその日暮《ひぐ》らしのバイト生活を送っていた。Kはそんな私に飲み食いの相手をさせ、いい話し相手を見《み》つけたというように喜《よろこ》んでいた。

Kによれば、彼の先祖は馬一頭連れて、犬挟峠《いぬばさりとうげ》の麓《ふもと》に流れ着いた流れ者だったという。そして、その馬で峠を登る旅人とその荷物を運び、稼《かせ》いだ銭で田圃《たんぼ》を買っていったという。そうして何代か経《へ》るうちに、いつしかその辺《あた》り一帯の地主《じぬし》になっていたという。彼の父はその財《ざい》で士官学校を出て、終戦の混乱時には、満蒙《まんもう》開拓団の引き揚げに功あって、この地の名士《めいし》になっていたという。そしてKは、父の死後、その富を受け継ぎ、農業を営《いとな》みながら、小さな商売にも成功し、いつしか無聊《ぶりょう》をかこつ遊《あそ》び人になっていた。

Kと私は、夜が更《ふ》けて酔いのまわる頃、気が向くと、県境の犬挟峠《いぬばさりとうげ》から蒜山《ひるぜん》高原を抜けて湯原《ゆはら》の街《まち》に出た。そこで飲み直して、湯原の街をハシゴして回った。そして、最後には決まってダムの下の露天《ろてん》風呂に入った。満天の星空を仰ぎながら、高原の風に身をさらすのは、爽《さわ》やかで心地が好かった。そしてそれまでの下界の生活を見下《みくだ》して、小さな穴倉の中で蠢《うごめ》く虫けらのように思《おも》った。そんな毎日を三四年繰り返すと、Kはふっつりと来《こ》なくなった。それからまた一年ほどしてやって来て、寂《さび》しそうに「また一人殺したよ」と言って、所在無《しょざいな》さそうに苦笑《にがわら》いした。飲みに連れて回った友達が、肝硬変《かんこうへん》で死んだという。Kの飲み方はそれほど酷《ひど》いもので、底なしと言われた私も彼には付いていけなかった。とはいえ、そういうKもすでに肝硬変《かんこうへん》になっていて、やがてドス黒い血を口から滴《したた》らし、口に含んだ血の塊《かたまり》を音もなく吐き捨《す》てた。

そんなある日、薬と言えば、百薬《ひゃくやく》の長しか知らなかった我々は、ウイスキーの瓶《びん》を携《たずさ》えて、湯原の湯治場《とうじば》に赴《おもむ》いた。彼は私の差し出した瓶《びん》の酒をラッパ飲みすると、虚《うつ》ろな顔をしていたが、と、湯の中に滑《すべ》り込んで、沈んだまま浮かんでこなかった。慌《あわ》てて湯を掻《か》き分《わ》けて彼を捜し出し、救急車を呼んで病院に運んだ。医者は私が彼の病気について説明すると、さも呆《あき》れたというように、御手《おて》あげの仕草《しぐさ》をした。Kはベッドの上で意識を取り戻し、虚《うつ》ろな顔で医者の話を聞いていたが、ふと医者を罵《ののし》り出すと、点滴の針を抜いて投げ出し、病室から飛《と》び出していった。

そんなことがあってから、腹水で膨《ふく》らんだ腹を抱えて、憂いに沈むKの顔に死の翳《かげ》が兆《きざ》した。顔が土色になり、肌もザラザラになっていた。それによろけてよく転《ころ》んだ。それでも恐ろしい勢いで酒を飲み、ついには私の顔も識別できないほどに意識を濁《にご》らせ、焦点の定まらない眼差《まなざ》しで、虚空を見つめていた。道ですれ違っても、気付いて呉《く》れないことが二三度続いたあと、彼の家の庭の築山《つきやま》に、Kの車が乗り上げて、斜《なな》めに傾いたままに乗り捨てられていた。閉めきられた彼の家は、不気味な沈黙に包まれたままに時間だけが過《す》ぎていった。四日目の朝、末の娘が廊下《ろうか》のガラス戸を開け、大きく溜息を吐《つ》いて伸《の》びをした。何かが終わったという感じだった。それから家中の戸が開け放《はな》たれ、葬式《そうしき》の出入りが始まって、Kが死《し》んだことが分《わ》かった。

Kを失って、私は独り孤独の中に取り残《のこ》された。「寂《さび》しいでしょうね。いつも一緒《いっしょ》だったのに」すれ違う人はそんな言葉を私に投げ掛《か》けていった。けれども、私にはそれがむしろ思い掛《が》けないことだった。私はそれまで自分が彼に友情を抱《いだ》いていたことを意識していなかった。私は自分が彼から離れて、孤独を保《たも》っているように思っていたのだ。しかし、それが間違《まちが》いだったことは、時と共に明らかになった。振り払《はら》っても、振り払っても彼の思い出ばかりが懐《なつ》かしく思い出されて、こみ上げてくる寂《さび》しさを止《と》めることができなかった。

それから一年余り、私は話す相手もなく、彼の亡霊に導《みちび》かれるように、彼と遊んだ思い出の場所を独《ひと》り訪《たず》ねて回った。そして、所在無《しょざいな》く酒に浸《ひた》った。孤独の酒は、とても冷たくて、苦《にが》かった。いっときそれが私を慰《なぐさ》めることがあったにもせよ、死に向かった流れであることを、止《や》めようとはしなかった。私は酒と共に倦《う》み疲れ、果ては住む家を失い、ボロ車一台で田舎の雪道をさ迷い、山陰《さんいん》の冬を過《す》ぎ越していった。寒さは一入《ひとしお》で、日に一度は湯原の露天風呂に通《かよ》った。しかし、湯に浸《つ》かっても、かつてのように暖まることはもうなかった。それほど身も心も芯《しん》まで凍《こご》えていたのだろうか。そして、春になって行き倒《だお》れになるところを助けられ、大阪のアル中の施設に預《あず》けられた。あれから回復の道を辿《たど》って七年、私はやっとKの墓参《はかまい》りに行けるまでになった。

八年前、Kの墓は犬挟峠《いぬばさりとうげ》の山裾《やますそ》にあって、墓土《はかつち》に立てられた白木の墓標や卒塔婆《そとうば》は、しばらくは艶《つや》やかに輝いていたが、日ごとに色褪《あ》せて黒ずみ、雨の日には暗く憂鬱な影を帯びた。私は彼の墓を尻目《しりめ》に、独《ひと》り犬挟峠《いぬばさりとうげ》を登っていくと、彼と遊んだ蒜山《ひるぜん》高原や湯原湖のほとりを、当てどなくさ迷った。独《ひと》りで見る湯原湖は意外にも干上がっていて、どす黒い湖底を露《あら》わにしていた。

Kと遊んだ頃の湯原湖と言えば、青い湖水をたたえ、季節が梅雨《つゆ》だったせいもあって、白い霧雨《きりさめ》に煙《けむ》っていた。湖畔《こはん》のブナ林は、五月雨《さみだれ》に濡れそぼって若葉を輝かせ、巻きついた藤蔓《ふじつる》は、紫の花房を幾重にもしな垂《だ》らしていた。車で通り抜《ぬ》けて行くと、そんな情景が白い霧の中から現われては消え、幻の世界に迷い込《こ》んだような不思議な気持ちに誘《さそ》われた。

Kはそんな心象風景《しんしょうふうけい》を私に残して、一人立ち去っていった。同じ酒を飲みながら、彼は死に、私は生き残《のこ》った。それも不思議と言えば、これほど不思議なことはなかった。ただ彼は何もかもやり尽《つ》くして、あとは死ぬだけだと言っていた。彼は死《し》のうとして死んだのだ。しかし、私はそうではなかった。何一つやりおおせたという気がしなかった。そんな違いが二人の生死を分けたのだろうか。それにしても、彼はあまりに私によく似《に》ていたばかりか、私の夢と幻《まぼろし》を共有しようとしたほとんど唯一《ゆいいつ》の男だった。

私が彼に初めて逢《あ》った日、犬挟峠《いぬばさりとうげ》の麓《ふもと》の居酒屋で独り酒を飲んでいると、彼が入って来て向かいの席に坐《すわ》り、見知らぬはずの私に自分たちの原始からの永遠の魂《たましい》について話し出した。私はその少しく猟奇《りょうき》的な話に耳を傾《かたむ》けていたが、いつともなく酔いに任《まか》せて話し出していた。

――我々の住んでいる倉吉という土地の名についたクラという言葉が、魂《たましい》を表わす言葉であること。例えば、岩に宿《やど》る魂を岩倉と言ったり、神の魂を神楽《かぐら》とか鞍馬《くらま》と言ったり、地の魂を地蔵《じぞう》と書いたりするように。しかも、このクラという言葉は信仰を表《あら》わすと共に、原始交易《こうえき》（集団でなされた原始の物々交換）を表わす言葉であること（原始に於《お》いては、信じ合うことと与《あた》え合うこととは、同《おな》じことだったのだ）。

そして、マリノフスキーによれば、このクラと言われる原始交易《こうえき》が、今もなおメラネシアの島々の原住民によってなされていること。驚《おどろ》いたことに、古代ギリシアのクラという言葉も、原始の信仰と交易を表《あら》わしていること。地図を広げて、メラネシアからギリシアに至《いた》るところの、クラと名の付く地名を探《さが》していくと、クラと名の付く地名は、クレ、カラとも変形して、日本各地に散在し、ことにシルクロードの周辺《しゅうへん》に幅《はば》広く点在している。そして、そんなシルクロードを介《かい》して、ヨーロッパ各地に散在している。そうしてみると、シルクロードはもともとは原始交易《こうえき》（クラ）のルートだったことになる。とすれば、我々の住《す》む倉吉という土地の名に付《つ》いたクラという言葉は、自分たちが原始のシルクロードの末裔《まつえい》として、原始の魂の息吹《いぶき》をこの辺境の地にあって、今もなお受け継いでいることの証《あか》しであることになる。倉繁、倉増、倉本、……といった名字も、いかにもそれらしい名に思《おも》われる。私はそんなふうに、クラというたった一つの言葉に掛《か》けたロマンを、酔いに任《まか》せて喋《しゃべ》っていた。

Kはそんな私の話を興味深げに聞いていたが、我が意《い》を得たという様子で立ち上がると、赤いスポーツカーに私を乗せ、犬挟峠《いぬばさりとうげ》を越えて、湯原の歓楽街《かんらくがい》に伴《ともな》った。そこで浴びるほど酒を飲んで回ったところで、私の記憶は途絶《とだ》えてしまう。気が付くと、露天風呂《ぶろ》に裸で浮かんでいる自分がいた。その夜、その露天風呂に満天の星空を仰いで夜を明《あ》かした。そして、朝靄《あさもや》の雲海に浮かんだ山々を見下ろしながら、犬挟峠《いぬばさりとうげ》を下って倉吉に戻ってきた。

その日からというもの、私はKと共《とも》にクラと名の付く土地を旅《たび》して回《まわ》った。入倉、蔵内《くらうち》、戸倉、……と。原始の魂を求めてさすらう異国の風情は爽《さわ》やかだった。そして吉備作州の山あいの温泉宿や山陰の海辺の民宿に泊《と》まっては旅愁を味わった。そんな生活が足掛け六年にも及んだろうか。Kの富に依存《いそん》して為《な》し得た放浪の日々だった。それは孤独と酒に病《や》み疲れた私の人生で、最も楽しい時節となった。Kはすでに人生の大半《たいはん》をやり尽《つ》くして、あますところ、死を求めて、何かしら永遠的な未知の世界に赴《おもむ》こうとしていた。彼はそれを私のクラの世界に見《み》い出して、私と共にしてくれたが、彼の命はほど無くして潰《つい》えたのだった。

そして、Kを失くしたあとの私の心象風景は、陽《ひ》が沈むように亡びの影を帯びていった。私は彼の幻影を追うように、人里離れた山奥を訪《たず》ねて回った。原始の山野は悠久《ゆうきゅう》の水の流れと共に、人知れず息づいていた。私はそんな源流のせせらぎを眺《なが》めて、時の経つのを忘れた。谷川の流れは澄《す》みきって、白銀の川底から光り輝いているところもあれば、深緑色《ふかみどり》の淵に淀《よど》んで、底知れぬ不気味さを秘め隠しているところもあった。私は原生林のそんな狭間《はざま》で、自然の息吹《いぶき》に抱かれて安らいだこともあれば、黒い蝶《ちょう》の群れが行く手を遮《さえぎ》って飛びかうのを、不吉な気持ちで眺《なが》めたこともあった。やがて、そんな山野が、暑さで縮《ちぢ》れた夏草に蔽《おお》われる頃、私の体も夏負けして酒に喘《あえ》いだ。そしてやつれたままその秋を過《す》ぎ越して冬を迎え、Kの死から一年ほどして、私もまたアル中の末期症状に至《いた》り、風雪の荒野をさ迷いながら、死の淵に瀕《ひん》していったのだった。

第三節　仲間たち

そして、その日、救われて、アル中の施設に収容《しゅうよう》された自分がいた。そこでひとまずは身を寄《よ》せる場所を与《あた》えられたことに感謝した。それにしても、自分がアル中の狂人として囚《とら》われ人となることに恐怖を覚え、酒を断たれた禁断症状の兆《きざ》しに怯《おび》えながら、自分の運命から逃《のが》れようとしていた。

過去の一切が失《うしな》われ、未来の一切が暗黒の中にあるだろう。これまでどんな集団生活にも耐《た》えられなかった自分が、今更《いまさら》この収容生活に耐《た》えていけるものとはとても思《おも》えなかった。

施設の女医《じょい》さんに「私は自分がアル中であるとは思《おも》えないのです」と問い掛《か》けると、彼女はいかにも落ち着いて「ええ、アル中は否認《ひにん》の病気と言って、必ず自分はアル中ではないと言《い》うのです。自分がアル中だと思《おも》っているアル中なんて世界中に一人もいませんよ」

と言って微笑《ほほえ》んだ。私の中で何かが崩《くず》れ、思い付くままに「それでは自分の力で酒を止《や》められなかったのはなぜでしょう」と聞《き》いていた。

彼女は「あなたが自分の力で、アルコールを止《や》められたなら、あなたは病気ではありません。止《や》められないから、あなたは病気なのです」と答え、私は首を振《ふ》って「これから私はどうなるのですか」と呟《つぶや》いていた。彼女はちょっと私の顔を見《み》つめてから言った。

「先のことを考《かんが》えたら、私だって不安になります。先へ先へと突き詰《つ》めていけば、どの道《みち》、死ぬことに行き着くのですからね。しかし、あなたは少なくとも、今、この時《とき》は生きているのです。生《い》きるとは、今、この時を生《い》きることなのです。今日一日ですよ。先のことなど考えないで、今日《きょう》一日をひたすら飲まないで生きるのです。そういう一日一日を積み重《かさ》ねていけば、いずれ、あなたはこの病気から回復《かいふく》している自分に気付くことになるでしょう」

私は彼女の言葉を聞きながら、ただ黙って肯《うなず》くしかなかった。それでも、動物の檻《おり》に入れられるような恐怖が残った。閉塞《へいそく》された集団が死へと追い詰《つ》められたなら、人間性を失《うしな》うのは当然のことに思われた。

施設のスタッフに促《うなが》されて、古い階段を軋《きし》ませて、二階のミーティング場に上がると、十数人のメンバーに紹介された。彼らは笑顔と拍手で私を迎《むか》え容《い》れてくれた。私はそれをも不思議な気持ちで受け止《と》めた。なぜというなら、私は久しく孤独の中で生きてきて、人間扱《あつか》いされたことも、仲間扱《あつか》いされたこともなかったからだった。しかし、確かに、彼らは私と同じ病《やまい》を患《わずら》った同じ仲間たちであり、同じように世間から見捨《みす》てられた同じ仲間たちだった。私はそんな彼らにやっと共感にも似た感情を覚《おぼ》えて少しく安堵《あんど》した。

勿論《もちろん》、規則づくめの施設の生活は辛《つら》いものだった。ここでは自分の考えを使ってはならないという。ここは鉄格子《てつごうし》のない刑務所だったのだ。それでも、皆が絶望を背負《せお》いながら、互いに笑《わら》い合っているようなところがあった。皆が自分の死を前にして、気さくに仲間たちと何かを共有《きょうゆう》しようとしていた。無論、中にはやはり意地《いじ》の悪い、変質者のような人もいて、人を攻撃しようと、目を光《ひか》らせていた。ここは人間の光明面《こうみょうめん》と暗黒面とが、ないまぜになった矛盾《むじゅん》の場でもあったのだ。それでもなお、ここで生き抜《ぬ》くためには、自分を超えた永遠的なものを信《しん》じて、無になりきって行動していくことが必要だった。それが真《しん》の自分を取り戻《もど》すという回復でもあるだろう。光と影のはざまで病《やまい》の苦しさに喘《あえ》ぎながら、仲間たちと共にしたここでの生活を、いつかは懐《なつ》かしく思い出す時もくるだろう。その時のくることを祈《いの》りながら、今日一日を、ひたすらここに生《い》きるしかなかった。

私の周《まわ》りにいた仲間たちは、同じアル中といっても、様々《さまざま》な人となりと症状を持っていた。肝臓と膵臓《すいぞう》の疾患を併発して真っ黒な顔をしている仲間、骨頭壊死《えし》になって足を引きずって歩く仲間、摂食《せっしょく》障害で骨と皮になった仲間、幻覚に導かれて街《まち》をさ迷う仲間、……。中に車椅子《いす》に坐った仲間がいて、もとはと言えば、ジャズのバンドマンだったという。その青春は酒を飲《の》んで、薬物を打っては、セックスに明け暮れる毎日だったという。確かに、ボロボロになった体が、その青春の想《おも》い出の偽《いつわ》りでないことを物語《ものがた》っていた。

さらに悲惨なのは、コルサコフ症という脳萎縮《いしゅく》の仲間で、脳ばかりか、体まで萎縮《いしゅく》して、病院の地下室でサルのようになって死んでいくという。もっとも、脳萎縮《いしゅく》の症状は、多かれ少なかれ誰《だれ》もが持っていて、それ相応《そうおう》に記憶障害や感情障害に苦しんでいた。私自身、鉢巻《はちま》きで頭を締め付けられているような感触が、いつまで経《た》っても取れなかった。私も含めて皆《みな》がそんな死の影の下《もと》に息《いき》づいていたのだ。

それにしても、仲間たちの多くが絶望のうちに死んでいった。信《しん》じ難《がた》いことだったが、アル中の六割が死亡し、三割が入退院を繰《く》り返し、一割が回復するという。事実、知《し》り合った仲間が一人また一人と姿を消し、死者の数は知り合った仲間が増えていくのに従って増えていった。大抵《たいてい》はスリップと言って、酒を断《た》っていた者が、その禁断症状に耐《た》え切れなくて、酒を飲んでしまうと、酒を止《と》めることができなくなって、死に至《いた》るというものだった。それに合併症を併発《へいはつ》して病死する者もいれば、そんな人生を苦《く》にして自殺する者もいた。もともと絶望《ぜつぼう》していた者が、アル中になったのであれば、アルコールを止《や》めて正気になったからといって、絶望が増《ま》しこそすれ、無くなることはないのには違いなかった。それに酒という安寧《あんねい》の秘薬が無くなり、禁断症状の苦しみが加《くわ》わるとなれば、どうしようもなくなって、スリップして死《し》んでいくというのは、むしろ自然《しぜん》なことに思《おも》われた。

そんな禁断症状の苦しみは、飲まないと決《き》められた共同生活から逃亡することに現われた。何と多くの仲間たちが施設から夜逃げしたり、落伍《らくご》したりして、二度と帰らぬ人となったことだろう。逃《に》げて独《ひと》りになれば、飲んで死ぬのが落ちだった。いなくなって、生《い》きているのか、死んでいるのか、分からないままに、消息《しょうそく》不明として忘れられた頃になって、あの人は死んだといううわさが囁《ささや》かれ、本当のところは何《なに》も分からないままに、その人は我々の記憶の中の死者のリストに入れられた。といっても、そんなふうにして死《し》んだはずの人に、街《まち》でばったり出《で》くわすということもあって、驚《おどろ》くこともあったのだ。

驚くと言えば、どこから見てもしっかりした「あんないい人」が、ほんの四五日ほど姿を見せないでいて、突然、死んだと分かることだった。腐乱《ふらん》死体で発見されることもあって、誰《だれ》もその人の最後を口にしないのが普通だった。

そんな仲間たちの中で、私の中にも様々《さまざま》の禁断症状が起こっては消えていった。酒を断《た》ったその晩から、目覚《めざ》めているのか、夢を見ているのか、分からないような不思議な世界が現われた。そして脅迫《きょうはく》的な幻聴や被害妄想が生じ、言い知れぬ不安と耐《た》え難《がた》い苛立《いらだ》ちに駆《か》り立てられた。

そして、頭の中が真《ま》っ白で考えようとしても考えられず、思い出そうとしても思《おも》い出せない、という不思議な空白《くうはく》の中にいた。これは飲んでいなくても酔《よ》っている、ドライ・ドランクと言われる症状だった。

それにしても、私は朦朧《もうろう》として鈍重《どんじゅう》でいながら、それでいて耐《た》え難《がた》いまでに敏感になるという矛盾した精神状態の中にいた。神経が三倍も過敏になるとされ、集団生活で交《か》わされるささいな言葉付きにも、まるで神経を切《き》り刻《きざ》まれるかのように傷付いた。震《ふる》えながら暴れ出しそうになる、そんな感情の耐え難《がた》さを、本当に、今日一日、凌《しの》ぐだけで精一杯だった。そんな時、「今日一日だけでいい、明日《あした》になれば、今日のことは忘《わす》れてしまうのだ」と、懸命《けんめい》に自分に言い聞かせて、やっとの思いで、今という時を過ぎ越《こ》すのだった。

そんな精神的な症状《しょうじょう》は、確かに、同じ症状を持った仲間たちの中にいてしか凌《しの》ぐことのできないものだった。そして、肉体的にはさらに悲惨だった。まるで自分の体が自分の体でなくなって、さながら操《あやつ》り人形でも操るように、自分の体を操らなければならなかった。ことに膝《ひざ》から下の感覚が無くなって、宙に浮かんでさ迷《まよ》うようだった。それで蹈鞴《たたら》を踏むようにして、平《たいら》なところでもよく転《ころ》んだ。

私は方向感覚を失い、見当識《けんとうしき》を失い、自分の感覚を失った廃人として、亡霊のように仲間のあとに付いて行くばかりだった。通り縋《すが》りの道端に死んだように横たわるホームレスを見る度《たび》に、自分が彼らと同じであることを思った。私は自分がもはや人間の資格も条件《じょうけん》も持っていないことを思った。そしてこんな惨《みじ》めな生き恥をさらして、自分が生き残ったことに何か意味があるのかと、自分で自分に問い掛《か》けてみて、答える言葉を持たなかった。

回復《かいふく》のプログラムと言えば、一日に三回のミーティングをこなすことだった。私はそこで来《く》る日も来る日も、ひたすら自分の罪を告白し続けた。ほとんどは自覚なしに犯《おか》した罪だったが、中には、悲しんで犯した罪もあった。親不孝の数々はもとより、私を愛してくれた人々をあとに残《のこ》して去ってきた。そうして私は多くの人々を裏切《うらぎ》ってきた。それは罪と言っても、敗北を重《かさ》ねた人生の絶望《ぜつぼう》そのものだった。

――学校生活から疎外《そがい》されて孤独な浪人生活を送ったこと。信仰を得て、立ち直《なお》ろうと、医者を志《こころざ》したが、受験に失敗したこと。文系の大学に入って、学生運動に与《くみ》したが、落伍《らくご》して仲間を見殺しにしたこと。様々《さまざま》の職を転々としたが、酒なしにはどんな労働にも耐《た》えられなかったこと。――

そして、飲酒によるブラックアウト（記憶喪失）の中で暴《あば》れもしたし、人の車に激突する交通事故もした。そして仕事に耐《た》えきれなくて、幾度《いくど》となく仕事を投げてきた。それがどんなに人の怒《いか》りを買ったことだろう。最後に自分の店《みせ》を持《も》ったが、それも酒に病《や》んで破産《はさん》させてしまった。それからは、アル中として社会から疎外されていき、ついには連続飲酒の中で、風雪の山野をさ迷《まよ》った。そして死ぬべくして死にきれないで助けられ、この施設に入《い》れられた。私はミーティングの中でそんな敗北の人生を繰《く》り返《かえ》し語っていった。

勿論《もちろん》、仲間たちの告白に聞き入りもした。仲間たちが言ってくれるから私も言えたのだ。告白すれば、心が洗われていくような気《き》がした。不思議なことに、私はそれによって飲まない生活が続き、危《あや》ういながらも回復していった。三ケ月で体からアルコールが抜け、半年で脳からアルコールが抜《ぬ》け、その変わり目が苦しいが、一年耐《た》えれば、頭の中の靄《もや》が晴れると言われ、その一年を待ち続けた。施設でのそんな日々の流れは、とても緩慢《かんまん》で一年先が果てしなく遠くに思われた。それでも一日一日を耐《た》え凌《しの》いで、過ぎ越していくうちに、九ケ月を過《す》ぎる頃から、日々の流れが急に早くなった。私は施設の生活に順応して、回復のペースに乗《の》ったのだ。

そして、二年目、三年目と、私は施設の生活に没頭《ぼっとう》した。過酷なまでに激しい矯正《きょうせい》生活だった。私はそれが自己を失うことであることは分《わ》かっていたが、中毒から回復するためには、それが必要なことも認めていた。勿論《もちろん》、私の脳の障害はそんな生活の中でゆっくりとしか回復《かいふく》しなかった。それに飲酒と放浪で傷《いた》んだ体は、心臓、肝臓、腎臓と、様々《さまざま》の疾患を併発していた。ことに酒を止《や》めるとアレルギー反応が三倍になるとされ、一年目に引《ひ》いた風邪《かぜ》が喘息《ぜんそく》となり、肺気腫《はいきしゅ》とも合併して、その症状は三年を過ぎても取れなかった。年中咳《せ》き込んでいたのだ。医者は怪訝《けげん》な顔をして、肋膜炎《ろくまくえん》でもしたのか、と首をかしげて肺がひどく傷《いた》んでいると言った。それにその頃はまだ、雲の上を歩いているような足取りの覚束《おぼつか》なさが残っていて、いつになったら治《なお》るのか、ともすれば希望を失《うしな》いそうになった。

それでも、施設に来て四年になろうとする頃、私はそんな症状を押《お》して施設から職業訓練のための仕事場に行《い》くようになった。そこで肺を浸潤《しんじゅん》される感触に戦《おのの》いたばかりか、復帰する社会そのものに戦《おのの》いた。そしてそれをただ祈ることで凌《しの》ぐしかなかった。それでも一日一日を薄氷を踏むようにして、過ぎ越していくうちに、半年ほどで不思議に胸苦《むなぐる》しさが取れ、社会に対する恐怖も消えていた。私は救《すく》われた気持ちになって、与えられた命を感謝した。そして振《ふ》り返って自分が絶望と罪の意識から、孤独になって社会を恐《おそ》れ、その恐れを解消するために酒を飲み、身も心も壊《こわ》してきたことを思った。そうこうして施設にいて飲まないでいる年月《としつき》が六年を数える頃になって、中毒の症状は、いつしか薄《うす》らいでいた。そこには覚束《おぼつか》ないながらも救われた自分《じぶん》がいた。

もっとも、この病は不治《ふじ》の病であり、回復することはあっても、完治することはないという。その後遺症は私の心の奥底に突き刺《さ》さった「肉中のトゲ」のように、不安な苛立《いらだ》ちとなって、私の心から消えようとはしなかった。

私はそうして傷付いた障害者となって生き残ったが、気が付《つ》くと周りにいた仲間たちの多くが、死んでいなくなっていた。皆《みんな》、闘病生活を共《とも》にした仲間たちだった。そして彼らは互いに生きていることを証《あか》し合《あ》った仲間《なかま》たちだった。私はそんな仲間たちをいつしか失《うしな》って、再び孤独の中に取り残されていた。

第四節　串本《くしもと》

それにしても、関わった仲間たちの多くが、あまりにも速く通り過《す》ぎて行き、今となっては別れを惜《お》しむことさえ、思い出の中でしかできなくなった。施設の研修旅行で和歌山の南端、串本《くしもと》に海水浴に訪れた時のことも、そんな思《おも》い出《で》の一つだった。

施設に入ってまだ四ケ月も経《た》っていなかった夏の日、私はアルコール中毒の長くて暗い夜道を抜けて、お伽《とぎ》の国にさ迷い出たような、不思議な気持ちで串本《くしもと》の海に巡《めぐ》り会った。視界に広がる海面に照り映える陽《ひ》の光は眩《まぶ》しくて、私はそんな光景を目を細めて眺《なが》めなければならなかった。

浜辺の砂は焼けて、素足《すあし》が痛かったが、海辺を吹き抜ける風は、爽《さわ》やかに肌を撫《な》でていった。

想《おも》えば、酒を止《や》めてからゴーストタウンを歩いているような日もあった。目覚めて自分がどこにいるのか、分からない日もあった。トイレの壁《かべ》から自分を罵《ののし》る声が聞こえてくる日もあった。あまつさえ、周《まわ》りの仲間たちが警察のスパイのように思える日もあった。そんな禁断症状の幻影《げんえい》が、足早に過《す》ぎ去っていったあと、正気と狂気の交錯《こうさく》した不思議な世界に生き残《い》った自分がいた。茫漠として霧に包まれた中を、覚束《おぼつか》ない足取《あしど》りで歩いていることで、自分が障害者であることを思い知らされもした。ふと覗《のぞ》き込んだ鏡の中に、みすぼらしい廃人の顔を見て、言い知れぬ絶望感に襲《おそ》われもした。そんな屈折《くっせつ》した感情が生き残った実感ではあったが、それにもかかわらず、いつともなく平常心に戻《もど》れたのは、確かに、ほかならぬ仲間たちの中にいたからなのには違《ちが》いなかった。

そんな私が仲間たちと串本《くしもと》の大島を散策した時のことだった。三々五々仲間たちとそぞろに歩いた大島の通りに沿《そ》って、ステンドグラスの美しいトルコの土産物《みやげもの》屋が軒を連《つら》ねていた。その街外《まちはず》れには、遭難したトルコ軍艦の慰霊碑《いれいひ》が立っていた。漢文で書かれていて、傍《そば》にいたMという少女が読んでくれと言うので「それなら、やっぱり、Hさんだね。漢文は昔の人の必修《ひっしゅう》だったろうから」と、年老いてコオロギのように痩《や》せたHさんに話を回すと、彼はわざとらしく憤慨《ふんがい》したような声をあげた。自分は昔の人ではなく今の人だと言って、大げさに怒《おこ》った真似《まね》をして見せているようだった。それを聞いていた周《まわ》りの仲間たちは、声をあげて笑《わら》った。

そんな他愛《たあい》のない日常のざれ事も、回復のためには必要だったのだ。七年後の今となっては、それも遠い昔《むかし》の思い出になってしまった。Hさんが死《し》んでからでも、すでに久しいのだ。皆が一緒《いっしょ》に写った串本の写真を見ていると、Mという少女も含《ふく》めて、死んでいった仲間たちの笑顔には、どこか耐《た》えきれない悲しさが潜《ひそ》んでいるように、見えるのは気《き》のせいだろうか。そこには、確かに、亡びの影を秘《ひ》めた日常があったのだ。

思い出の中で、崖《がけ》の上から見下ろす串本の海は、透明に澄んでいて海の底に魚影を映《うつ》していた。美しい海だった。しかし、私はもう二度とこの海を見ることはないだろうと思っていた。明日《あす》をも知れない命だったのだ。もし、生き延びて再びこの海を見ることができるなら、どんなに仕合《しあわ》せなことだろう、そう思いながら、名残りを惜《お》しむように串本の海に見入っていた。

そんな串本研修の終わり頃、私は激しい恐れに取り憑《つ》かれた。それは今の現実に対する恐れではなくて、子供の頃《ころ》の恐れのフラッシュバックだった。幼い私の不安や焦燥の感情が、わけもなくよみがえってきて、心に取り憑《つ》いて離れなかった。そして、悪寒を覚えるような、激しい寂《さび》しさにも襲われた。冷たい風が心の空洞を、煽《あお》るように吹き荒《すさ》んでいた。私の感覚は幼い日のそれに帰ったようなところがあったのだ。私はそんな自分を持《も》て余《あま》して「なぜか、寂《さび》しくて仕方がないのだよ」と呟《つぶや》くと、前の席にいた例のMという少女は、訝《いぶか》るように私を見つめていたが、小さな声で「私もそうなの」と応《こた》えた。そんな私がふと喉《のど》が渇いたような飲酒欲求を覚《おぼ》えてしゃがみ込むと、駆《か》け寄《よ》ってきたMが「トシさん、がんばってね、がんばってね」と背中を擦《さす》ってくれていた。

Mはアルコール中毒と摂食《せっしょく》障害の合併症の女の子で、十代に発症して一年前にこの施設に来《き》てからは、三ケ月ごとに施設から脱走しては、スリップといわれる再飲酒を繰《く》り返してきたという。そして、そのつど、警察に捜索願いを出されては捕《つか》まって、施設に連れ戻されて来たという。

私が施設に入《はい》ったのと同じ月に、彼女も施設に帰って来ていたので、私と彼女は、偶然、一緒に同じ扱《あつか》いを受けることになった。二人机に並《なら》んだ小学生のようなものだった。Mは小柄で可愛《かわい》らしかったが、ちょっと触れただけで傷付いてしまいそうな、そんな危《あや》うさを秘めていた。誰《だれ》かが傷付いたりしないかと、ハラハラしながら生きているような優《やさ》しさが、ささくれだった施設の収容生活に耐《た》えていられないのは明らかで、その痛々しさが哀れを誘《さそ》った。

やがて私は彼女が施設から脱走していなくなる度《たび》に、大阪の赤線地帯で体を売《う》っている、といううわさを耳にするようになった。私は初めそんなうわさを信《しん》じなかった。それほど彼女は可憐《かれん》だったのだ。そのうち、それが本当だと分かってきても、それでもMに非があるとは思《おも》わなかった。それはここから逃げ出して生《い》きていけなくなったMの致《いた》し方《かた》ない生き方だった。ほかに生きていくすべを見い出せなかったのだ。Mは絶望から逃《に》げようとしてアルコールを飲み、そして、アルコールに囚《とら》われることによって、身を委《ゆだ》ねるしかなかった。しかし、それによって彼女は純情《じゅんじょう》さを失うことはなかったのだ。Mは人を愛することしかできない弱い女《おんな》だった。

私は彼女と並んで生活するようになってからしばらくして、Mが傍《そば》にいると、不思議な気持ちになることに気《き》が付いた。彼女の体の中から子供の頃に聞いた母の心臓の音が、伝《つた》わって聞こえてくるような気がするのだった。その喘《あえ》ぐような鼓動《こどう》は、何かしら寂《さび》しさと苦しさの中に、安らぎを秘《ひ》めていた。幼い日に、不安や焦燥《しょうそう》を感じると、母にしがみついていたように、私はMの傍《そば》を離《はな》れられなくなっていった。

そして、偶然、私とMとが顔を会わす度《たび》に、二人して見つめ合っては、同じようにクスクスと笑《わら》い合った。そして、彼女は小さな子供のように「へへんだ、へへんだ」と顎《あご》をしゃくって私を見上げた。二人の間にそんな密《ひそ》やかな関係ができかけた頃、彼女は衆人環視《かんし》のミーティングの中で、突然「私は隣《となり》の人（私）と一緒に飲まないで生きていくのです」と宣言して皆を驚《おどろ》かせた。あとで、私がそっと自分のロザリオをMに手渡《てわた》してやると、彼女は目を輝かして喜《よろこ》んでいた。

しかし、その夜、Mは施設から夜逃げして行方《ゆくえ》知れずになった。突然、去っていったことはいかにも不可解《ふかかい》だった（私は知らなかったのだが、彼女は興奮して躁《そう》状態になるとスリップするのだという。そう言えば、私も禁断の躁《そう》状態に耐え切れなくて、酒を飲んだものだった）。私はまるで母を失《うしな》った子供のように泣いて、涙が三日三晩止《と》まらなかった。私のまなこは涙の塩で真っ赤になり、目の周《まわ》りも赤く腫《は》れあがった。私の憂《うれ》いは、二ケ月ほどしてMが帰《かえ》って来るまで続いた。その日、Mは施設の入口のところまで戻《もど》って来て、泣き出そうとして、両手を両目の上に上《あ》げたところで、私とばったり出くわした。驚《おどろ》いたMは、子供のように泣き出しながら、「わあー」と歓喜《かんき》の声をあげて泣き笑《わら》いした。

そんなことがあってから、彼女は傍若無人《ぼうじゃくぶじん》にしがみつくように、私に寄り添《そ》って過ごすようになった。施設での恋愛は禁じられていたが、誰も我々を咎《とが》めなかった。処遇《しょぐう》は内密に決められたようで、Mはしばらくして依存《いそん》の対象から引き離すためか、札幌の施設《しせつ》に送られることになった。その日が来るまで、Mは私の影に隠れるようにして、私と飯事《ままごと》遊びをして遊んだ。白い小さな指でミカンの皮を剥《む》くと、私に渡して、「私、トシさんのような兄さんが欲《ほ》しかったの」と、妹のような仕草《しぐさ》をしてはにかんだ。

そして、おずおずと自分について物語《ものがた》った。父が医者なこと。家業を継《つ》ぎたい、と思っていたこと。学校ではいい成績を上《あ》げられなかったこと。それが苦しくて、酒に手を付《つ》けたこと。そして、彼女は自分がこんなふうになって、悲《かな》しんだ父に「お前なんか、富士の樹海《じゅかい》に入って死んでしまえ」と言《い》われたと言って、悲しそうに俯《うつむ》いた。そして、ふと顔を上《あ》げると、そんな思いをふっ切るように笑《わら》って、何くれとなく話してくれた。酔っぱらって成人式の晴れ着を着られなかったこと。婚活《こんかつ》をダメにしたこと。祖母と酒瓶《さかびん》を取り合って、取《と》っ組《く》み合《あ》いのケンカをしたこと。そして、恥《は》ずかしそうに含み笑《わら》いをした。そして、思い出したように「私、子供の頃《ころ》によく迷子《まいご》になったの」と言った。それは施設から逃げ出しては、帰って来ることを繰《く》り返す今の彼女の昔の姿には違《ち》いなかった。そんな彼女がサルトルの『蠅《はえ》』の主人公に似《に》ているような気がして「ほら、蠅って、追《お》っ払《ぱら》うと、ブーンと飛んでいって、また、同じところに戻《もど》って来《く》るだろう」と言うと、Mはからかわれたと思ったのか、怒《おこ》ったふりをして、こぶしで私を叩《たた》く真似《まね》をした。しかし彼女が当てどなくさ迷《まよ》い出る気持ちは、私にもよく解《わか》った。私も禁断の躁《そう》状態に耐え切れなくて、仕事場を飛び出し、田舎《いなか》の山野をさ迷って、この施設に流れ着いたのだ。しかし、彼女はここからもさらに去《さ》って行《い》こうとしていた。私が別れを惜しんで札幌行きを断《ことわ》るように言うと、Mは悲《かな》しそうに「私にはできない」と言った。もう一度、断《ことわ》るように言うと、もう一度「私にはできない」と言って泣《な》いた。

そして、最後の別《わか》れの日に「帰ってきたらよろしく」と言い残して、札幌に去《さ》っていった。

彼女が帰ってくるまで少なくとも一年、恐《おそ》らくは二年、私はここで彼女を待ちながら、自分の病気を治そうと思った。それからというもの、私は心の空《むな》しさを埋《う》めるように、明けても暮れても、ステップといわれる回復のプログラムに取り組んだ。しかし、Mは一年経《た》っても、二年経っても、――何年経っても帰っては来《こ》なかった。

五年目のある日、一人の仲間が持ってきた串本《くしもと》の写真に、Mがあどけない笑顔で写《うつ》っていた。仲間は「Mは結婚したというが、……」と言って言葉を濁《にご》した。私もそのうわさは知《し》っていたが、それは嘘《うそ》だと思っていた。なぜというに、そんなことをしても、アル中で、摂食障害《せっしょくしょうがい》のMが、まともにやっていけるはずがないからだった。Mの神経はすでにわずかな刺激にも耐《た》えていられないほどに病《や》んでいた。だから、たとえ、結婚《けっこん》したとしても、スリップ（再飲酒）して、酒が止《と》まらなくなるだろう。そして結婚生活は破綻《はたん》して、彼女は死んでいくことになるだろう。ほかにどんなあり様《よう》があるというのだろう。

Mは札幌の施設で一年目、ミーティングのプログラムを受《う》けていたが、軟禁《なんきん》されていて、訪《たず》ねていった誰もが彼女に会うことはできなかったという。そして、二年目、就労プログラムに入《はい》って仕事に就《つ》いたというが、そのうわさを最後にふっつりと消息を絶《た》った。四年目になろうとする頃、彼女のあとを追うようにして、札幌の施設に入所《にゅうしょ》した女の子が、大阪に帰って来て、私に暗い知らせを伝えてくれた。Mはスリップして、札幌の病院《びょういん》にいるという。酒が止まらなくなったのだ。そして、それだけ私に告《つ》げてから、その女の子は不可解な自殺を遂《と》げた。確かなことは何も分からなかったが、私の心に不穏《ふおん》な暗雲が垂《た》れ込めた。

さらに一年ほどしたろうか。札幌の施設でMを担当《たんとう》していたスタッフの一人が、大阪の施設を訪れた折《お》り、私は彼にMの消息を尋《たず》ねた。すると、彼は驚《おどろ》いたように「ああ、あれ。どっかへ行《い》っちまったよ」と頓狂《とんきょう》な声を上げた。私はその男に掴《つか》み掛かりたい衝動を抑えながら、やり場のない悲しさで胸を塞《ふさ》がれた。私には彼女の逃げたい気持ちはよく分かった。収容生活は男の私でも耐え難いのだ。しかし、死ぬと運命づけられた病《やまい》を背負って、彼女はどこに逃げたというのだろう。逃げて独《ひと》りになれば、スリップするのが落ちだろう。札幌の吹雪《ふぶき》の中を当てどなくさ迷《まよ》うMの姿が思われた。そして、疲れ果てて、街角《まちかど》にうずくまり、誰《だれ》かが声を掛《か》けてくれるのを待っているMの姿が。彼女の困窮と堕落《だらく》と悲惨は、必至《ひっし》なのには違いなかった。そして、醜く変わり果《は》てた彼女を想像して、彼女を受け容れ難《がた》いという気にもなった。しかし、私が女に生《う》まれたなら、やはりMと同じような生き方をするとも思《おも》ったのだ。

Mがどうしているのか、思いは巡《めぐ》って尽《つ》きなかったが、何をどう想像しようと、私はその現実に対して無力《むりょく》だった。Mは身も心も引き裂《さ》かれて、死に向かって去《さ》っていっただろう。たとえ、まだ生きているとしても、以前の姿で私のところに帰って来ることはないだろう。惨めになればなるほど、帰ってこれなくなるのには違いなかった。すべてはただ私の心に刻《きざ》まれた疼《うず》くような哀惜の古傷を残しただけで、悲しみの霧の彼方《かなた》に消えてしまった。もう二度と戻《もど》っては来《こ》ないのだ。

――そして、それからまた幾歳《いくとせ》か過ぎ越して、もう彼女のうわさも消息も語る者はいなくなった。人はそうやって消《き》えていくのだろうか。

第五節　すれ違った友

別れを惜《お》しんだ友もいれば、すれ違いに終わった友もいた。旧友のFがアルコールの精神病院から私のところに転がり込んで来たのは、私がまだ山陰《さんいん》の田舎《いなか》で飲んでいた頃のことだった。三十歳を過ぎた頃のFと言えば、威風《いふう》堂々とした風雲児《ふううんじ》といった感じの好漢だったが、五十歳を前にしてやって来た時のFは、妙に薄汚《うすよご》れて痩《や》せ衰《おとろ》えていて、その変貌ぶりに驚かされた。「久しぶりだ」と言うので、酒を注《つ》いでやると、Fはジッとコップを見つめたまま、私が「飲めよ」と言っても飲《の》まなかった（あとで分かってきたことだが、彼は医者に酒を禁じられていたのだろう）。可笑《おか》しな奴《やつ》だ、と思いながら、私独《ひと》りで酒を飲んでいると、しばらくしてFはサッとコップに手を伸《の》ばしたかと思うと、震《ふる》える手でお手玉《てだま》しそうになりながら、その酒を飲み干《ほ》した。そして徐《おもむろ》に酒瓶《びん》を手元に引き寄せると、急に陽気になって喋《しゃべ》り出《だ》した。

自分のアパートに火をつけたこと。煙《けむり》に巻かれて倒れていたところを学生に助け出《だ》されたこと。意識不明のまま一週間、病院の集中治療室に入《い》れられていたこと。警察が来て送検されたこと。検事を煙《けむ》に巻いて起訴猶予《ゆうよ》になったこと。そして、大根《だいこん》島のアル中の施設に収容《しゅうよう》されることになったが、その島には女が一人もいないことが分《わ》かって拒否したこと。そして、精神病院の閉鎖《へいさ》病棟の長くて憂鬱な日々を経て、私のところに転《ころ》がり込んで来た、というわけだった。Ｆは喋《しゃべ》りながら酔い痴《し》れて、話し終わる頃には、疲れも手伝ってか、安堵《あんど》の笑みを浮かべて眠《ねむ》ってしまった。

ほんのしばらくの滞在と思っていたが、数日して布団《ふとん》を取り寄せると、玄関の板の間に敷き詰めて、あとは梃子《てこ》でも動こうとはしなかった。生活能力がまるでないのは仕方ないにしても、変に人を困《こま》らせては、面白《おもしろ》がっているようなところがあった。強《し》いて気にも留めないままに放《ほう》っておいて、いつしか十ケ月も過ぎたろうか。圧《の》し掛かってくるような依存の重圧に、さすがの私も辟易《へきえき》して愚痴《ぐち》をこぼすようになっていた。見かねた友人がＦに出ていくように催促《さいそく》すると、Ｆは血相を変えて怒り出し、包丁《ほうちょう》を持ち出して暴れた。取っ組み合って、力負けしたFは、雪の積《つ》もった庭に転がり落ち、さらにその下の道路にまで転《ころ》がり落ちた。Fはすでに脊椎《せきつい》カリエスを患《わずら》っていて、体力がなかったのだ。一メートルを超える積雪の中だったので、怪我《けが》はなかったろうが、寒さは一入《ひとしお》のことだったろう。Fはぎょっとしたような顔《かお》をしていたが、しばらくして警官を連《つ》れて帰って来た。自分がリンチにあった、と警察に訴《うった》えて出たのだ。やって来た警官は訝《いぶか》るように考え込んでいたが、何か私に言い掛《か》けて、結局、何も言わずに帰っていった。そして、Fもいつの間《ま》にかどこへともなく姿を消《け》していた。

再《ふたた》びFとすれ違ったのは、それからまた三年ほどしてからのことだった。その時、私もアル中の末期症状に行き着《つ》いて、大阪の施設に収容されていた。そこの買《か》い出しの途中、路上《ろじょう》生活者のたむろする薄暗い通りに、ふとFの姿を見掛けたのだ。Fは瞑想《めいそう》でもするような眼差《まなざ》しで、空を仰いだまま、夢遊病者のように手押し車を押して歩いて来た。ひどくやつれていて、持病の脊椎《せきつい》カリエスでくの字に折れ曲がった背中が痛々《いたいた》しかった。私は喧嘩《けんか》別れした相手にいきなり出くわした衝撃で、立ち尽《つ》くしたまま動けなかったが、Fは私に気付くことなく、私の前を通り過《す》ぎていった。棒《ぼう》立ちになっていた私が、気を取り直した時には、すでにFの姿は、人混《ひとご》みの中に消えていた。助けてやれば良かったと思ったが、もうあとの祭《まつ》りだった。

それを最後に二度と再びFの姿を見ることはなかった。あの落《お》ちぶれた様《さま》からして、Fが生《い》きていけるものとはとても思えなかった。そして彼が野たれ死にしたかと思うと、今更のようにFを惜《お》しい男だったと思うのだった。実のところ、Fはもともとは優秀な男で、私も彼の才能を認《みと》めていた。島根《しまね》の名門高校の実力試験で、史上最高点を取《と》ったというのはともかくとしても、確かに、言語能力がずば抜《ぬ》けていて、その感覚は天才的とでも言えるようなところがあった。Fは高校の生徒会長の高みに登り詰《つ》め、そこから大空に羽《は》ばたいていったが、恐《おそ》らくは、この世間のどこにも自分に相応《ふさわ》しい場所を見い出せなかった。東京の大学に進学したものの、ほどなくして経済的に行き詰《づ》まり、そこを中途退学したという。もともと破天荒《はてんこう》なところがあって、体制に順《じゅん》ずるつもりがなかったのだろう。バイトで始《はじ》めたセールスの仕事に就《つ》いて、東京と山陰《さんいん》を渡り歩く渡世人《とせいにん》のような生活に入《はい》っていった。
初めは放浪のロマンを求《もと》めてやっていたのだろうが、いつしか押《お》し売りの嫌《きら》われ者になっていた。それでも旅をしてさすらうことに魅《み》せられて、流れ者の生活を止《や》められなかったのだろう。世俗を捨てた放浪の孤独と自由を謳歌した彼の人となりにはどこか爽《さわ》やかなところがあった。

その間にも彼を溺愛《できあい》した母親の離婚、再婚、そして、自殺という事件があって、彼の心に暗い影《かげ》を落としたようだ。彼女はくびれて死んだというが、なぜかその死に顔はとても美《うつく》しかったという。苦しんで死んだのではなくて、満たされて死んだというのが、せめてもの慰《なぐさ》めだったようだ。それに知る由《よし》もなかったが、彼の無二《むに》の親友も自殺したという。亡き母と友を偲《しの》んで、祈りの数珠《じゅず》を身に付けていて、仏のFと綽名《あだな》されていた。彼にはそんな優しい心根《こころね》もあったのだろうが、それらしい素振《そぶ》りを見せたことは絶《た》えてなかった。そうこうして世を拗《す》ね出し、ひどいアル中になっていった。鄙《ひな》びた酒屋の角打ちで立ち飲みするのが好きで、いい酒を飲んでほろ酔《よ》い気分になると、気さくに人に話し掛け、将棋などにも興じていた。しかし、酒癖《さけぐせ》の悪さには定評があって、酔うほどにしつこく人に絡《から》んで、喧嘩《けんか》に持ち込んでは暴れ、そして女と見れば、露出狂となっては醜態をさらした。

私のところに来た頃のFの有り様《さま》と言えば、病院のパジャマに、下駄履《げたば》きという出《い》で立ちで、倉吉の街《まち》を闊歩《かっぽ》し、大声で自慢の歌を歌っては、道行く人の耳目《じもく》を引いた（確かに、歌は驚くほどうまかった）。その頃《ころ》には、すでに生活保護で暮《く》らしていたが、プライドが傷付くのか、訪《おとず》れた担当の職員をひどく罵《ののし》って追《お》い返し、自分から生活保護を切《き》ってしまった。侮辱されたとでもいうように、卑屈になることを嫌《きら》っていた。それというのも、彼の母は気丈な人で、国家の庇護《ひご》は受けないと、年金を受け取ることすら拒んだという。Fもそんな母の気概《きがい》を受け継《つ》いでいたのだろう。

思うに、Fはあり余る才能とプライドが邪魔《じゃま》をして、平凡な仕合《しあわ》せを求《もと》めることができなかったというのだろうか。深く世を恨《うら》んで、荒くれた無頼《ぶらい》のやからになっていた。世に認《みと》められなかったというコンプレックスがそうさせたのだろうか。あるいは、セールスの仕事（押し売り）のストレスがそうさせたのだろうか。彼は社会のシステムに支配されて、汲々《きゅうきゅう》として生きている世の人たちを虫けらのように軽蔑《けいべつ》し、人を小馬鹿《こばか》にして笑い飛ばしては、口癖《くちぐせ》のように「俺は世間を舐《な》めてやるのだ」と独り気を吐いていた。そして、若かった頃のアカデミックで、剛毅《ごうき》で、自由奔放《ほんぽう》な生き様《ざま》を懐《なつ》かしんでは、思い出に耽《ふけ》っていた。そんなある時、ふと思い出したように、子供の頃に作《つく》ったという俳句《はいく》を教えてくれた。

　　秋刀魚《さんま》焼く煙《けむり》の中に母の顔

というのがそれで、文部大臣賞をもらったという。彼は周《まわ》り中《じゅう》から賞賛《しょうさん》されるような子供だったのだろう。それは青春に至《いた》るまでそうだったのだろう。前途は洋々《ようよう》たるものだったのだ。しかし、……。

彼は私の本棚《ほんだな》から芥川龍之介の写真集を取り出すと、懐《なつ》かしそうに頁を捲《めく》りながら「俺は怠《なま》け者だなあ」と独《ひと》りごちるのだった。確かに、Ｆは己《おのれ》の才に溺《おぼ》れ、酒に溺れ、人に依存し、そして、いつしか世の中の塵《ちり》に塗《まみ》れ、泥に汚れて、不如意《ふにょい》な人生を生きていた。その流浪《るろう》の果てに、雨にそぼ濡《ぬ》れたキリギリスのようになって、死《し》んでいかなければならなかった。

私はかつてそんなFのことを、その生き様《ざま》のあまりの酷《ひど》さに、自分はあんなアル中とは違う、と思《おも》っていたが、私自身一人のアル中として施設に収容されてみれば、多かれ少なかれ、自分もFと大《たい》して変《か》わりのない人生を、歩んで来たと思《おも》うようになった。私も子供の頃に褒《ほ》めそやされたこともあれば、酒を飲んで殴り合いの喧嘩《けんか》をしたこともあった。若かった頃には、故郷を捨てて青春彷徨《ほうこう》の旅をして回った。それも、なぜか、無性に知らぬ土地を流れて見たかったからだった。それで友人の家に居候《いそうろう》したこともあったのだ。晩年には、酒に病《や》んで山陰の田舎をさすらい、その果てに野たれ死ぬところだった。無論、自分の存在に即《そく》して生きようとすることが、世間に受《う》け容れられないことも理解できた。犯した罪の数々《かずかず》は私の中にもドス黒く淀《よど》んでいた。世間を恨《うら》み、世間を侮《あなど》る気持ちは私にもあった。自暴自棄《じぼうじき》に死を求めて、世間に挑《いど》んでいく心根《こころね》は、私の中にも潜《ひそ》んでいた。そんなふうで青春の日には、学生運動に与《くみ》したこともあったのだ。何よりも、私もまた、この社会から落伍《らくご》して、どうしようもなくうらぶれた人生を、自分のスキッド・ロウに生《い》きていた。そして、この社会から疎外された余所者《よそもの》として、虚無の中に息づいていた。彼もそんな私によしみを感《かん》じたればこそ、私のところに転《ころ》がりこんできたのには違《ちが》いなかった。

彼の思い出が一抹《いちまつ》の悲しみと共に蘇《よみが》える時、晩年にとても惨《みじ》めだった彼を思うと共に、若い頃にとても愛された彼を思《おも》った。あまりにも愛された若い頃の彼が、あまりにも惨《みじ》めな晩年の彼に変貌《へんぼう》していた。そして彼はボロボロに傷《きず》付いたピエロのようになって死《し》んでいった。彼は世の人たちには精神異常者のように見做《みな》されていたが、私にはそれがただの仮面《かめん》だったように思われる。なぜか、私にはFがまるで「俺《おれ》の後《あと》について来るな」とでも言うように、いかにも寂《さび》しげに去っていった後ろ姿が、思い出されてならないのだ。Fはそんな悲《かな》しみを秘め隠した男だった。そんな人生の陰《かげ》りは、多かれ少なかれ、私にもあるものだった。私は確《たし》かに、彼の悲哀のいくばくかを共有していた。少なくとも世の中から疎外された放浪《ほうろう》の自由と孤独の哀愁《あいしゅう》を共有していた。

そして、彼はこの世に対して、己《おのれ》の自由と孤独の誇りをもって荒れ狂い、死んでいったであろう。無論、そう言う私も、刻一刻と忍《しの》び寄る死の足音を聞きながら息《いき》づいている。

それにしても、いったいどうやってこの恐怖の川を渡《わた》るのだろう。

第六節　孤独だった友

孤独な人生の悲哀と言えば、私にはかつて一人の孤独《こどく》な友がいた。名をヒロシと言って、三十の若さでこの世を去っていった。その死を知《し》ったのは、ある寒い朝のことだった。夜の仕事を終《お》えて、酒を飲んでうとうとしていると、戸を叩く音で目を覚《さ》ました。玄関に出てみると、そこにいたのはヒロシの継母《けいぼ》だった。彼女は私を見ると、思い詰めた様子《ようす》で口を切った。

「……ヒロシは死《し》んだ。体が悪いというので行ってみると、……ヒロシは、自分が死んだら、××町に親友《しんゆう》がいるから、……自分が死んだと、そう伝《つた》えてくれ、と言いながら死んでいった。……それでそれを伝《つた》えにきた」

そう言ってから「孤独《こどく》だったね。……孤独だったね」と、繰《く》り返《かえ》して、悲しそうに俯《うつむ》いた。

ヒロシはほとんど孤児《みなしご》のような育ち方をしたせいか、どことなく虚無《きょむ》的な孤独の闇を感じさせる青年だった。恐《おそ》らくは、幼い頃、冷たい孤独の中に捨《す》て置かれて、母の暖かい愛に抱《いだ》かれてまどろむこともなければ、泣いて母と心を交《か》わすこともなかったのだろう。

ヒロシの話によれば、子供だった頃、見知らぬ女が自分を連《つ》れて行こうとしたが、彼の父は怒って、その女を追《お》い返したという。それが母に関する彼の唯一《ゆいいつ》の記憶だったが、不思議なことに、彼はそんな母をいとおしむでもなければ、そんな父を恨《うら》むでもなかった。その父は、駅の土産《みやげ》物を卸《おろ》して回る仕事をしていて、家《いえ》にはめったに帰ってこなかったという。それでヒロシはあの継母に面倒を見てもらっていたのだろうが、その継母にも心を開《ひら》くことはなかったという。そして、そんな父親からも、再婚した継母《けいぼ》からも見捨てられて、独《ひと》りで暮らすことに馴染《なじ》んでいるふうだった。

中学生の頃《ころ》には、野球部にいたというが、十代のなかばには、学校にも行かなくなり、それからしばらくはパン工場で働《はたら》いていたともいう。好きだった女の子の写真も見せてくれたが、驚いたことに障害者のような顔をしていた。彼自身、知的なところはなく、片言《かたこと》でひらがなが読《よ》める程度だった。それでも、ニヒルな美男子で、背格好《せかっこう》もよかった。ただ人を警戒して、凍《こお》りつくような態度で、人に対《たい》するのだった。

私がそんなヒロシと初めて出会《であ》ったのは、倉吉の圧着端子《あっちゃくたんし》の工場にいた時のことだった。二人とも臨時工で、その仕事と言えば、絶《た》え間なく回ってくるコンベアに追われる肉体労働だった。汗《あせ》まみれになって働いて、ふと気が付くと、茫然《ぼうぜん》として身も心も喪失していた。ヒロシは不思議そうに「自分は何でここにいるんだろう、変《へん》な気持ちになるんだ」そんなことを言った。それほど激しく疎外《そがい》された労働だったのだ。それでも半年契約の期限が来るまで、その労働に耐《た》えていた。契約どうりにやり終《お》えて、ホッとして去《さ》って行こうとすると、会社の上司は怒り出した。代《か》わりがいなかったのだ。使い捨ての消耗品として酷使《こくし》されて、止《や》めるなと言われても、受《う》け入れることができなかった。私は自分の考えを通して、そこを止《や》めてしまった。ヒロシはそんな私を見《み》ていたのだろう。私がそうするのはもっともなことだ、というようなことを言《い》って、私に連《つ》れてその工場を止《や》めてしまった。

　そして、そんな二人の生活が始まった。ヒロシは私の孤独に自分の似姿《にすがた》を見たのか、年下ということもあって、私に付き添《そ》って、離れようとはしなかった。世間から疎外《そがい》された孤独な者同士《どうし》だった。私が仕事に就《つ》くと、彼も同じ仕事に就き、私が仕事を止めると、彼もその仕事を止《や》めた。彼は私の影に隠れるようにして働いていた。仕事は工務店の土工《どこう》の仕事が多かった。荒くれた男たちの中で恐れ戦《おのの》きながら働いた。一つところにせいぜい三四ケ月ばかり留《とど》まるのが精いっぱいで、同じような仕事先を渡《わた》り歩いていった。真夏には陽《ひ》に焼けて二人共真《ま》っ黒《くろ》になった。

　そんな生活を二年ほど繰《く》り返したろうか。私はこの青年を自分の中に受け容れて、彼に私の心（思想）を伝《つた》えようとしたが、私の言葉は彼には通《つう》じなかった。彼の心はマルクスやカミュを受け容れるにはあまりにも幼《おさな》かった。それでも、ただ付《つ》いてくるだけでいいと思って、私の心を自分の存在で伝《つた》えようとしたが、ヒロシは人の心を受《う》け容《い》れようとはしなかった。私はヒロシに対して無力《むりょく》だったのだ。

私は自《おの》ずから彼との関係を諦《あきら》めるしかなかったが、彼には若さと将来があった。何もない田舎《いなか》で埋《う》もれてしまうよりは、東京で自分の人生を見つけたらいいと思《おも》った。それで私が東京へ出稼《でかせ》ぎに行くのに、ヒロシを連れていった。それは彼も承知《しょうち》してのことだった。しかし、ヒロシは東京に着くと、その雑踏に動顛《どうてん》して、目まぐるしく動き回って、不満のほどを私にぶちまけた。帰《かえ》りたいのかと聞くと、帰りたいと言うので、仕方なく、東京駅まで送《おく》っていった。そして私は独《ひと》り残って、その冬を飯場《はんば》で働いてから田舎《いなか》に帰《かえ》った。

すると、ヒロシはまた私の家にやって来《く》るようになった。そして腐《くさ》れ縁《えん》のような関係が続いた。彼には不良《ふりょう》少年のようなところがあって、悪いことばかりして私を困《こま》らせた。常識のないことはともかくとしても、人を馬鹿にしようとすることには、我慢《がまん》がならなかった。しきりに自分の優越《ゆうえつ》を私に認めさせようとして、果《は》ては、私が彼の付《つ》き人なのだと言い出した。私はヒロシのそんな暗い欲望に嫌気がさして、彼の依存《いそん》を振り払い、関係を断《た》ってしまった。

それから四年ばかりの間《あいだ》、ヒロシから何の音沙汰《おとさた》もなかったが、ある日、ひょっこりやってきた。逞《たくま》しかった彼の体は、痩《や》せて黒ずんでいた。その有《あ》り様《よう》はどうしたんだと聞《き》くと、両手《りょうて》で何かをかき分けて、食べるような仕草《しぐさ》をしながら、ぼそぼそとゴミ箱の残飯《ざんぱん》を漁《あさ》って暮らしていた、というようなことを言《い》った。そして、分かってくれるだろうかと、探《さぐ》るように私を見やった。私はヒロシの悪童ぶりに辟易《へきえき》していたので、嘲《あざけ》るように笑って、取《と》り合わなかった。彼は私のそんな反応に驚いたような、困ったような様子《ようす》で、立ちすくんでいたが、悲《かな》しそうな顔をして、何度も振り返りながら帰っていった。私は働いて疲《つか》れていたので、そんな彼のことを思《おも》いやることもなかった。そして、それから一ケ月ほどして、彼の死を知《し》ることになった。私は彼の死を知って独《ひと》りになると、何かしら後悔の念に襲《おそ》われて激しく泣《な》いた。そんな彼を見捨てた自分が悲《かな》しかったのだ。

四年もの間《あいだ》、ヒロシはどうしていたことだろう。独り黙然《もくねん》として孤独の部屋に閉じ籠《こ》もっている彼の姿《すがた》が思われた。誰かと話すこともなく、社会と繋《つな》がることもなかったろう。孤独の壁の中で凍《こお》りついたように、ひたすら自分の存在に埋没していたろう。そして、食べ物がなくなって、飢《う》えても、働きには出なかったろう。ヒロシはうどん屋の出前持《でまえも》ちにも、肉屋の店員にも、会社の警備員にもなれなかった。たとえ、働《はたら》きに出ても疎外されただけで、それに耐《た》えていられなかった。それほど社会と繋《つな》がることが苦しく、恐ろしいことだったのだ。そして、暗闇の中に放《ほう》って置かれた幼い日の自分に帰っていった。そこで、孤独の蟻地獄《ありじごく》にはまり込んで、そこから抜《ぬ》け出すことができなかった。ヒロシはそんなふうに社会から疎外《そがい》されて、独《ひと》りでいるしかなかったが、独りでは生きていけなかった。ゴミ箱の残飯を漁《あさ》って飢えを凌《しの》ぎ、毒になるものでも食べたのだろう。その果てに、体を壊《こわ》して独り寂《さび》しく死んでいった。恐《おそ》らくは、ほとんど飢え死にに近いものだったのだろう。人は社会から疎外されて飢えに瀕《ひん》すれば、嫌《いや》でも自分を捨てて、身《み》をこごめて、社会に入《い》れてもらおうとするものだが、ヒロシは最後までそれを拒《こば》んだのだ。彼の孤独が彼を殺《ころ》したのだ。

それにしても、ヒロシは死を迎《むか》えて何を思ったことだろう。せめてもの救いは二人して遊《あそ》んだ青春の思い出があったことだった。私は彼のキャッチボールの相手《あいて》をしてやった。一緒《いっしょ》にインベーダーゲームもしてやった。子供の遊び相手をしてやるようなものだった。

そして二人して田舎《いなか》の野山を自転車で駆《か》け回っては、大声で笑い合った。それがヒロシの言う「親友《しんゆう》」ということの意味《いみ》でもあったろう。そんな彼が受《う》け容れた人間は、確かに、たった一人、私だけだった。彼は私と一緒《いっしょ》にいて、私と働いて、私と遊び、私の孤独の中にいた。彼は私の孤独に和《わ》して、私と寂《さび》しさを共有していた。それが彼のわずかばかりの社会性《しゃかいせい》だったのだ。ヒロシはあまりに孤独だった。孤独をひけらかす誰《だれ》よりも孤独だった。そして、恐らくは、私と遊《あそ》んだ日々が彼の生涯でもっとも楽《たの》しい日々だったのだろう。社会から疎外されて至《いた》るであろう死を前にして、彼はそれを懐《なつ》かしく思い出し、その寂《さび》しさの中《なか》で、私のところに来《こ》ようとして「自分が死んだら、××町に親友《しんゆう》がいるから、自分が死んだと、そう伝えてくれ、……」と、言《い》いながら死《し》んでいったのだ。

孤独であるが故《ゆえ》に死《し》んでいくのは、あまりにも非情な人間の不条理であろう。ヒロシの死はこの社会から疎外されることの究極《きゅうきょく》を表わしていた。ただヒロシはその死に際《さい》して、私のところに帰って来ようとした。それが彼の見い出した永遠《えいえん》への道ではなかったのか。それこそ私が彼と共有《きょうゆう》しようとしていたことではなかったのか。私自身（死への関《かか》わり）

によって、永遠的なものへと回し向けられ、永遠と一体《いったい》になって生きることが、私の望みではなかったのか。だから、私は彼の死が無性《むしょう》に悲しくて泣《な》いたのではなかったのか。そんなヒロシのことが、いつまでも心に残《のこ》って、忘れ得《え》ぬ思《おも》い出となった。

それにしても、ヒロシの死《し》は、どうしようにも、仕方のないことだった。なぜなら、ヒロシはこの世で生きていく能力を持《も》っていなかったからだった。そして、私が彼を救うことができないことも、確《たし》かなことだった。なぜなら、そういう私もまたこの世では生《い》きていけない人間であるからだった。私もまたこの社会から疎外《そがい》されるばかりで、この社会に同化《どうか》する能力を持っていなかった。自《みずか》らを疎外されて生きるなど、私には耐《た》えられないことだった。たとえ、それができたとしても、それは形《かたち》だけのもので、食うにこと欠《か》くあまり、世間を欺《あざむ》き、自分を欺いただけのことだった。私はそういう偽《いつわ》りによって生き延びたかもしれないが、自《みずか》らの偽りを意識すればするほど、さらに人知《ひとし》れず孤独《こどく》になった。

孤独の影は、私を冷たく覆《おお》い尽くして、心の奥底にまで浸《し》み透《とお》った。そして、いつしか酒に溺《おぼ》れるようになっていた。私は労働の苦《くる》しさにも、社会の苦しさにも、酒なしには耐《た》えることができなかった。そこで出会った人間という暗黒の不条理《ふじょうり》にも、私という暗黒の絶望にも、酒なしには耐《た》えることができなかった。酒は私が社会に同化することの不能《ふのう》を（孤独を）表わしていた。のみならず、そこから生《しょう》ずる反抗を表わしていた。

そして、酒にまとわりつかれた幾年月《いくとしつき》かを経て、アルコール中毒者となった自分がいた。そして、風雪の山野を当てどなくさ迷《まよ》った自分がいた。それは社会から疎外《そがい》されて、生と死のはざまをさ迷《まよ》った自分だった。たとえ放浪の孤独と自由が、いっとき心を和《なご》ませることがあったにもせよ、それはいずれ死の闇《やみ》へと引き込まれていくことだった。そして、ほとんど偶然に助《たす》けられて、アル中の施設に収容《しゅうよう》された自分がいた。私とヒロシとは生《せい》と死に分《わ》かたれたとしても、この世に対して、同《おな》じ虚無の側《がわ》にいたのだ。だから、明らかに、ヒロシの死は私の死《し》でもあったのだ。

以上、私はヒロシという不良少年の悲《かな》しみになぞらえて、私自身の悲しみを著《あら》わしてきた。しかし、本当に描《えが》きたかったのは、そういう人間を疎外する社会に同化《どうか》して、それをどうすることもできない人々の悲しみだった。

第七節　死に急ぐ友

そして、施設に来てからまた幾年月《いくとしつき》が過ぎ去ったことだろう。ある暮れなずむ春の日の夕刻、雑用を終えて、施設のミーティング場に入《はい》ると、そこに人影はまばらだった。仲間が死んで皆の多《おお》くが、葬式に行ったという。去年の暮《く》れにも仲間が死に、年が明けてTが死んで、まだ数ケ月も経《た》っていないのに、今度《こんど》はまた別《べつ》の仲間だという。それにしても仲間たちはどうしてこんなにも簡単に死《し》んでいくのだろう。誰も苦しまずに死んでいくとでも言うのだろうか。分《わ》けても心に残ったのは、親《した》しかったTの死だった。彼の訃報《ふほう》を聞いて、どうして死んだのか、誰《だれ》に聞いても知らないという。分《わ》かったことと言えば、遺体の引き取り人がいなくて、警察が施設に問《と》い合《あ》わせてきたということだけだった。Tは施設の体制《たいせい》に反抗して、施設を出て久しかったので、施設は彼を引《ひ》き取らなかったのだろう。それにしても、誰《だれ》も遺体を引き取る者がいないというのは、不可解な話だった。自分が家族を捨《す》てたことによって、最後は自分が家族に捨《す》てられたとでも言《い》うのだろうか。

Tは医者にアル中と診断《しんだん》されて、行政の世話で施設に来たというが、誤診で入所したとでもいうように、そのことを笑《わら》っていた。「飯《めし》を食《く》わしてくれるからきたのだよ」そんな冗談《じょうだん》も言っていた。彼がアル中であることは、その風貌《ふうぼう》から何とはなしに察《さっ》しがついたが、本人はいささかも自分が病気だとは思《おも》っていないふうで、酒などいつでも自分の意志で止《や》められると思っているようだった。そんな彼が入所した当初、案内役に当《あ》てがわれたのは、ほかならぬ私だったが、彼は人に伴《ともな》われて行動しようとはしないので、私はいつも振り回されて困《こま》ったものだった。彼はそれでいて少しも悪《わる》いことをしているつもりはなく、ただ人に対してまったく無関心なのだった。私はそんな彼の傍若無人《ぼうじゃくぶじん》な仕草《しぐさ》に以前の自分を見るようで、苦笑《くしょう》するよりほかはなかった。Tは集団の関わりを適当に受《う》け流しながら、いつの間にか、集団から抜け出して、独《ひと》り悠々自適《ゆうゆうじてき》に過《す》ごしていた。それでいて、皆の中にあっては、理知的で、どこまでも落《お》ち着いた、物静かな人柄で、あまつさえ、少しく惚《とぼ》けた人気者ですらあった。それにしても、皆《みんな》が恐れていた施設長に対して公然と異議を唱《とな》え、反抗的な態度を露《あら》わにすることもあって、皆からは少しく風変《ふうが》わりな変人と思われていた。面白《おもしろ》いことに、仲間たちはそんなTと私が似《に》ていると言って笑《わら》った。

Tは、もとはと言えば、エリートの大学にいたというが、落《お》ちこぼれて、泥臭《どろくさ》いが、少しく知的で、反体制《はんたいせい》的な新聞屋になっていたという。一緒《いっしょ》に暮らす中《うち》にそういう彼の考え方も自《おの》ずから分かってきた。Tは自我の独立に安《やす》んじて、権威《けんい》というものを認《みと》めなかった。なかんずく、修道院の施設にいるにもかかわらず、神を否定《ひてい》した。そして彼は自分の考えを使ってはならない、という施設《しせつ》の考え方を心から軽蔑していた。その依怙地《いこじ》なまでの反骨《はんこつ》精神は、どこか六〇年代の学生運動の物言《ものい》いを残していたが、運動について多くを語《かた》ることはなかった。のみならず、自分の生《お》い立ちや人生のつまずきについて語ることもなかった。そんなふうで施設《しせつ》に馴染《なじ》むこともなく、三年もすると施設のすべてに失望《しつぼう》したと言うようになり、そして、すべては無駄《むだ》だった、と言い残して、飄々《ひょうひょう》として自分から施設を出ていった。人のうわさでは年金も入《はい》るようになり、気ままに暮《く》らしているという。

ところが、いつの頃からか、そんなTが、酒を飲《の》んでいる、といううわさを聞くようになった。アル中はスリップ（再飲酒《さいいんしゅ》）したら、酒を止《と》めることができなくなって死《し》ぬとしたものである。それでも、私はTが死ぬとは思わなかった。彼はそれほど強い意志と孤独の力を誇《ほこ》っていた。もし、彼の思っているように、自分の意志で酒を止《や》められるとすれば、病気ではなく、普通の酒飲みと同じで、死ぬこともないだろう。実際《じっさい》、時折り、電話してきた時の彼は、いつもながらの落ち着いた彼だった。しかし、そんな矢先《やさき》、思い掛《が》けなくも、Tが死んだ、という例の訃報《ふほう》を聞いたのだった。死ぬことはないだろう、という私の予感は外《はず》れてしまった。そうであれば、Tはやはり慢性《まんせい》アルコール中毒だったことになる。彼が自分はアル中ではない、と思って飲《の》んだところから、そして、意志の力でいつでも止《や》められる、と思って飲んだところから、死の谷に転《ころ》がり落ちていったのだ。なかんずく、彼の孤独が彼をして破滅《はめつ》に追いやったのには違《ちが》いなかった。

アル中は酒を飲んで孤独を安《やす》らぎに変えようとするという。そして、酒を断たれると、言い知れぬ恐れと戦《おのの》きに襲《おそ》われ、自分を守ろうとして孤独《こどく》になろうとするという。そして、自分だけの世界に閉じ籠《こ》もって酒に浸《ひた》ろうとするという。酒はこの恐れと戦《おのの》きの孤独を、とこしえの安らぎに変えてくれる。アル中は、この偽《いつわ》りの実存感覚が欲《ほ》しくて酒を飲《の》み、酒に溺《おぼ》れて死《し》んでいくのだ。恐《おそ》らくはTもそんな孤独《こどく》なアル中《ちゅう》だったのだろう。

それは私にしても同じことだった。田舎《いなか》で飲んでいた頃の私は、しらふでいると、ひどく苛立《いらだ》って不安に駆《か》られ、社会的な行動のすべてに耐《た》える力を失っていた。人とのわずかな会話にも耐《た》えていられないで、しゃがみ込んでしまうこともあれば、ささいな諍《いさか》いで暴《あば》れることもあった。そのうち暴《あば》れそうになると、落ち着こうとして山の中に逃げ込んで、ひたぶるように孤独と酒に溺《おぼ》れていった。そしていつしか当てどなく、風雪の山野にさ迷《まよ》い出て、社会から疎外《そがい》されて、生きていけなくなっていった。私はそんなふうに酔いどれて、孤独の中《なか》で死線をさ迷《まよ》ったのだ。

ところで、施設や病院のような集団生活に於《お》いては、確かに、孤独《こどく》になれないことによって飲まないですみ、死ななくてすむということが起《お》こる。なぜなら、孤独になれないことによって、自分自身から疎外されるのに伴《ともな》って、飲酒欲求からも隔離《かくり》されるからである。

しかし、Tのように、自分の孤独に自信《じしん》と誇《ほこ》りを持っていて、集団を離《はな》れていくアル中は、孤独の罠《わな》に填《は》まって死んでしまうということが起こる。なぜなら、孤独は自分自身への没入であることによって、飲酒欲求《よっきゅう》そのものとなることだからである（Tの孤独は危《あや》ういものだったのだ）。

無論、酒によって孤独に安《やす》んじてきたアル中には、酒がなければ孤独に耐《た》えていられなくなるということなど、思《おも》いもよらないことなのだ。そこで酒が切《き》れて孤独になれば、無意識にその孤独を平安に変《か》えようとして、つい酒に手を出してしまう。そしてこの一杯が呼《よ》び水となって、あとは遅《おそ》かれ早かれ渇望症状が起こり、止《と》まらなくなった酒を致死量《ちしりょう》まで飲み続けて死《し》んでいくのだ。

ともあれ、アル中はもともと抜き難《がた》い孤独を中《うち》に秘めているという。その孤独は絶望と罪《つみ》の意識でもあるだろう。それは疎外された劣等感でもあるだろう。人はこの孤独を安《やす》らぎに変えるために酒を飲む。あるいは、より深い孤独を味《あじ》わうために酒を飲む。酒はそれをも安らぎに変《か》えてくれるだろう。だからまた、アル中は、酒を飲むために、孤独を愛し、渇望《かつぼう》しもする。

しかし、やがてそんな安《やす》らぎの酒が、苦しみの酒に転《てん》じていく。禁断（酒の切れること）が、神経の緊張《きんちょう》（恐れと戦《おのの》き）をもたらし、それが暗黒の孤独となって現われる。それは幻覚と妄想《もうそう》の狂気ですらあるだろう。アル中はそれを酒を飲むことによって解消《かいしょう》しなければならず、そして、あとは飲んでも飲んでも、絶《た》え間なくよみがえってくる禁断の孤独に追い立てられて、ひたすら酒を飲んでは、荒《あ》れ狂い、血を流し、戦って、死のうとする。しかも、それが酒飲みにとっては快楽《かいらく》なのである。

それにしても、孤独を欲《ほっ》しながら、孤独に追い立てられて、飲み続けるとは、何と苦しい矛盾《むじゅん》であろうか。この病《やまい》はこの孤独との闘《たたか》いなのだ。この孤独を酒に代わる信仰や実存《じつぞん》によって、平安に変えることができなければ、いつでも再飲酒する危険《きけん》があり、そして、飲めば、アル中であるかぎり、死ぬことに行き着く。アル中はそんな孤独の病《やまい》であり、狂《くる》おしい死の渇望なのだ。恐《おそ》らくは、Tもそんな狂気に飲み込《こ》まれて、死《し》んでいったのだろう。

やがて、私もまたTと同じように、施設の集団生活に倦《う》み疲れ、孤独を求めて施設を出ることになった。Tの死《し》から四年ほど経《た》っていたろうか。勿論《もちろん》、そうやって手に入れた孤独は、望んだような安《やす》らぎではなかった。私は孤独に伴《ともな》って現われてきた禁断《きんだん》症状に苦しまなければならなかった。私は夜ごと訪《おとず》れる幻覚のような悪夢に悩まされ、よみがえってくる過去の絶望と罪に苛《さいな》まれ、逃げ場のない死の恐怖に取り憑《つ》かれていった。そして、ついには独楽鼠《こまねずみ》のように苛立《いらだ》ち、何も手につかなくなっていった。孤独を欲《ほっ》しながら孤独に苦しんだのだ。いたたまらなさにせかされて祈《いの》ったが、苦しみは取《と》れなかった。それでもなおひたすら孤独であろうとし、ひたすら祈《いの》り続けるよりほかに為《な》すべきことを知《し》らなかった。

そうして、私は苦しみ迷《まよ》いながらも、そんなふうに祈ることで、不思議に生き延びていった。そして、Tのことを思《おも》い出し、信仰を拒絶した彼のあり様《よう》を思わずにはいられなかった。彼の孤独な唯物論は、存在の意志《いし》に従《したが》って生きることを要求し、それがために彼は飲酒欲求に従って飲《の》むことになり、渇望症状の中《うち》に死《し》んでいったであろう。

勿論《もちろん》、彼は自分の意志で酒を止《や》めようとしただろう。Tは絶対に意志の力を信じて疑《うたが》わない男だった。しかし、この病気になったなら、いくら意志の力で酒を止めようとしても、止《や》めることはできないという。止めようとすればするほど飲《の》んでしまうという。なぜなら、アルコール中毒とはそういう狂気（異常心理と異常欲求）の病《やまい》であるからだという。だから、その無力のゆえにその飲酒欲求を神に委《ゆだ》ねるしかないというが、彼は神を認《みと》めることができなかったのだ。

そんな思いの中《うち》に、どれほどの日々を過ぎ越したろうか。ある朝、私はこの閉《と》ざされた絶望の彼方《かなた》に、幻のような光を見て、救われるであろうことを予感した。私は、確かに、生きることに対して、飲酒欲求に対して、まったく無力《むりょく》であった。しかし、無力であっていいのだ。なぜというなら、生きることに対《たい》して、アルコールに対して、無力であることを否認《ひにん》して、有力であろうとして飲んできたのであれば、逆《ぎゃく》に、有力であることを捨てて、自らを無力《むりょく》と認めるところに、飲まないで生きることの方途《ほうと》があることになるからだった。

なぜというなら、無力《むりょく》（絶望）であることは、その中《うち》に自らの死への関《かか》わりを含んでおり、その死を受け容れてなおも、生きようとすることが、永遠《えいえん》的なものへと回《まわ》し向けられていくこととして現《あら》われるからである。

だから、人は無力（絶望）を認《みと》めること（死を受け容れてなおも、生きようとすること）によって、永遠《えいえん》的なものを信ずるのであり、無力（絶望）を認《みと》めることによって、永遠的なものへと行動《こうどう》して委《ゆだ》ねるのだ。そして、その中で飲酒欲求を浄化《じょうか》し、飲まないで生《い》きることにもなるわけである。

無論、私はそんな生《い》き方――自己自身（無力）でありきること（死への関わり）によって、永遠的なもの（あるいは真の共同体）へと回《まわ》し向けられて生きる信仰（あるいは実存）――をTと共有《きょうゆう》することができなかった。議論好きのTは、何度となく神について（その否について）私に問い掛《か》けたが、私は答《こた》えることができなかった。そして、彼は虚《むな》しさと寂《さび》しさを残して、私の傍《かたわ》らを通り過《す》ぎていったのだ。

――惜しむらくは、Tはその孤独を自《みずか》らの絶対的な力として捉《とら》え、自らの死に至る無力（絶望）として捉《とら》えることができなかった。そして、それがために、孤独を、死を受け容れてなおも、永遠的なものへと回《まわ》し向けられて、生《い》きることとして、捉《とら》えることができなかった。そして、それがために、彼は自らの意《い》に反して、自《みずか》らの絶対的な力のはずの孤独に敗《やぶ》れ、孤独の中に頽《くずお》れて、助けを酒に求め、酒に溺れて死《し》んでいったのだ。

思うに、私はアル中にならなければ、現代の社会に生《い》きて来《こ》れなかった。そして自分の無力（絶望）を認《みと》めることがなければ、それから回復《かいふく》することもなかった。無力（絶望）であること（悲《かな》しむこと）がなければ、私は人間として、自己自身として不可解である。そして自らの無力を認めること（死を受《う》け容れてなおも、生きようとすること）によって、永遠的なものを信《しん》じて、永遠的なものへと行動して委ねることがなければ、人間として、自己自身として生《い》きてこれなかった。今となってはそれが自分のすべてだったように思《おも》う。

第二章　原点への回帰

第一節　故郷

遠い記憶を遡《さかのぼ》っていくと、片田舎《いなか》の大川沿《ぞ》いの土手と田圃《たんぼ》に囲《かこ》まれた農家に辿《たど》り着く。それが父の実家で、私はその牛小屋と棟《むね》続きの離《はな》れで生まれ、三歳までそこで育った。その部屋の明《あか》り取りの窓辺には、毎年朝顔の蔓《つる》が伸びてきて、青紫《あおむらさき》と赤紫の花をつけた。赤子の私はその花を見ていたような気がする。母方《ははかた》の祖父は何かと用事を拵《こしら》えて、生まれたばかりの私を見に来たという。祖父は汗疹《あせも》だらけになった私を哀れんで、母はそれを治そうとして、毎晩盥《たらい》の湯に硫黄華《いおうか》を溶《と》かして、そこに私を泳《およ》がせたという。それは黄色い水の中をたゆとう夢のように朧《おぼろ》な記憶として私の中に残《のこ》っている。

そして、時《とき》を置《お》いて、朝まだきの静寂《しじま》の中を、カシャカシャと牛乳配達の自転車が、砂利《じゃり》道を通り過ぎていく音を聞いていた。その頃から断片的な記憶が現われては消《き》えていく。小川を泳ぐメダカの群れ、夜の川面《かわも》を飛びかうホタルの群れ、そして、ほこらの周りに赤々と咲き乱れた彼岸花《ひがんばな》、……と。

やがて、母は幼い私の手を引いて、母の実家に里帰りを繰《く》り返すようになった。かつては三十町歩の地主だったという母の実家は、亡き曽祖父《そうそふ》の代に私財を擲《なげう》った土木工事で没落し、村長だった祖父もすでに隠居して、淡々と栄枯の移ろいを眺《なが》めていた。祖父はすがりつく私の頭を撫《な》でて「おう、おう、よく来《き》た、よく来た」と言って、豪放に笑った。幼い私はそんな祖父の眼差《まなざ》しに見守られ、母の温《ぬく》もりの中で育《そだ》っていった。

祖父の家の離れからは、末広がりに広がった伯耆大山《ほうきだいせん》の雄姿が見えた。遠い汽笛《きてき》を聞いて縁側に走り出ると、はるか彼方《かなた》の大山の山裾《やますそ》を、白い煙を棚引《たなび》かせて走る伯備《はくび》線の汽車が見えた。広々とした稲穂の海原《うなばら》の中を土ぼこりを上げて走るバスも見えた。そんな山と川に囲《かこ》まれた田園風景の中での生活は、まだ井戸から水を汲《く》み、クドでご飯を炊《た》く昔ながらの暮《く》らしだった。そこには牧歌的で、おおらかな安《やす》らぎがあった。

やがて、そんな私の恵《めぐ》みに満ちた世界は、祖父の死によって幕を閉じた。私はまだ死《し》ぬということが、よく分かっていなかったので、その年の夏休《なつやす》みがくると、いつものように祖父の家を訪《おとず》れた。祖父のいなくなった離れは、ガランとして、色褪《いろあ》せた虚《むな》しさを湛《たた》えていた。私は遣《や》る瀬《せ》無《な》い寂しさに苛《さいな》まれて、泣き出したい思いをこらえながら、そこで夏休みを過《す》ごし、そして、もう二度とここに来《く》ることはないだろう、と思いながらそこをあとにした。

それからの私の記憶は、孤独の中で刻《きざ》まれた。私たち家族が引っ越していた田舎町の家並みは、まだ土の道の両側に、藁《わら》ぶきの農家を挟《はさ》んで、鍛冶屋、精米所、綿打屋、畳屋《たたみや》、トタン屋、……と軒《のき》を連ねていた。まだ戦後の貧しさが残《のこ》っていて、河原にはバラックで暮《く》らす人がいた。

私の家はと言えば、そんな街並《まちな》みの中でも、ことさら古い茅屋《ぼうおく》で、傾きかけた柱と壁が寄り合って、かろうじて苔生《こけむ》した屋根を支えていた。父はそこに小さな醤油《しょうゆ》の販売店を開いて、自転車で行商《ぎょうしょう》して回った。その重労働に疲れた父の憂鬱と不機嫌《きげん》は、一家の生活に暗い影を落とした。私たちはそんな貧しさに怯《おび》え、人目を忍《しの》んで生《い》きていた。

私が通った小学校は、銀杏《いちょう》の枯れ葉が舞い散る並木道の奥にあった。私はそこまで徒歩で一里ほどの道を通った。登校拒否を繰《く》り返したが、行かされた学校では、大人しくしていた。なぜだか皆《みんな》の遊びの輪《わ》に入れない子供だったが、試験では何を為《な》さずとも首席を争《あらそ》っていた。そして我知らず模範生に祭《まつ》り上げられて、いつしかそれを不思議《ふしぎ》なこととは思《おも》わなくなっていた。

転機が訪《おとず》れたのは十二歳の時のことだった。私は同じ田舎《いなか》の中学への入試の折り、不思議に記憶が覚束《おぼつか》なくなって、酷《ひど》い成績で入学した。その結果、私は教師たちから冷たくあしらわれ、傷付いて仄《ほの》かな疎外感を味わった。天から地に落ちたという感《かん》じがした。それは青春の激しい自意識と劣等感の芽生えともなった。のみならず、軍国主義の暴力教師に支配《しはい》された学校の体制には馴染《なじ》まなかった。私は以前にも増して引っ込み思案《じあん》になり、鬱屈《うっくつ》して、内面性と空想性を醸《かも》していった。私は学校の裏庭の桐《きり》の葉が、少しずつ剥《は》がれ落ちていく移《うつ》ろいを、独《ひと》り寂《さび》しく眺《なが》めながらその年を越《こ》した。

劣等感と貧しさが身に沁みた。しかし、そんなふうに孤独になって、ひたすら勉強に打ち込《こ》んだ自分がいた。私は凍てつくような冬の夜、机《つくえ》にかじり付いていた。そして、この年には、待望の首席に返り咲《さ》いていた。私はそうして体制の寵児《ちょうじ》たちを乗り越《こ》えたが、嫉《そね》まれてイジメの対象となり、それによってさらに孤独になった。とはいえ、少なくともそれは誇《ほこ》らかな孤独には違《ちが》いなかった。二番以下に大差をつけて、勉強に余裕《よゆう》ができると、ヘッセやトルストイを読み耽《ふけ》って、天翔《あまか》けるような希望に胸を膨《ふく》らませた。秀才の誉《ほま》れの高かった祖父のあとを追《お》うつもりだった。

しかし、そんな夢見るような日々に、再び凋落《ちょうらく》の時節が巡《めぐ》ってきた。十五歳の春のことだった。私は米子《よなご》の進学校の受験の日、眠れぬままに朝を迎《むか》え、重い頭を抱えて、不安で浮足《うきあし》立っていた。試験の結果は合格には違いなかったが、またしても酷《ひど》い成績だった。私は夢も誇りも失って、田舎者の劣等感に苛《さいな》まれながら、都市部の秀才たちと競《きそ》い合わねばならなかった。私は自信と誇りを取り戻《もど》そうと、追い立てられるように勉強に勤《いそ》しんだ。成績は上がって二番にまでなったが、そこまでだった。やりすぎた勉強に疲れ、意味もなく、目的もなくただ走《はし》り続ける苦しみに喘《あえ》いだ。

そして、寒々とした夏休みを迎《むか》えた。黄色味を帯びた視野は暗く、後頭部には微熱が続いた。私は衰弱した神経と混濁《こんだく》した頭脳をもって、解けない数学の問題に取り組み、読めない英語の文章に取《と》り組んだ。やがて一歩も前に進めない苦しみから恐怖に満ちた苛立《いらだ》ちに襲われた。絶望が近づいていた。私は強迫観念から逃《のが》れようとして、寝転《ねころ》がって芥川や直哉を読んだ。私は救われようとして自《おの》ずから観念に従うことを止《や》めて、存在に従おうとしていた。

その夜、勉強机のランプに無数の虫が群がり、苛立《いらだ》った私はランプの下に水槽《すいそう》を置いて、溺《おぼ》れて苦しむ虫を見《み》つめていた。虫たちは狂ったように暴《あば》れながら死んでいった。そしてふと、そんな自分に対して激しい自己嫌悪が生《しょう》じた。体制に認められようとして仲間たちを出し抜《ぬ》いてきた自分、仲間たちに勝って有頂天《うちょうてん》になってきた自分、仲間たちをあざ笑い、馬鹿《ばか》にしてきた自分、そんな自分が敗北して無能をさらすに至った。私はそんな自分に対する罪悪感とも、羞恥《しゅうち》心とも、絶望感とも知れぬ感情に苛《さいな》まれ、激《はげ》しく自分を否定《ひてい》した。

そして、身を横《よこ》たえてしばらくすると、亡霊のような白い浮遊物が暗闇の中に現《あら》われ、それがスピードを増しながら細かく分《わ》かれて飛びかい、最後、天井《てんじょう》と共に落ち掛かってきた恐怖の瞬間、私は死のうと思い、ナイフを探《さが》したが、真夜中のことでまごつき、夜明けを待《ま》つことにした。死ぬと決めると、少しく落ち着いて、涙が溢《あふ》れた。そして手元《てもと》にあったヘッセを夢中で読み飛ばし、疲れていつしか眠りに落《お》ちていた。

夜が明けて目ざめた時、私は白日の下に、怖《お》じ気付いていた。そして、そのまま死ぬのを先延ばしにしていった。その日の昼下《さ》がり、一歩一歩足を踏み外《はず》すような恐怖を覚えながら、何を為《な》すともなく裏庭に出ると、不穏《ふおん》な情景を見ながら、独《ひと》りホオズキの実《み》をむしっては投げ続けた。その夜、廃墟《はいきょ》の壁に自分の頭を打《う》ち付けて血を流している夢を見た。そして目ざめて、どこか遠くへ行《い》って、人知れず死ぬことを思った。こうして私の人生は希望に開かれた世界から、絶望に閉《と》ざされた世界へと暗転していった。

そうして、私はこの夏をもって、永久に明晰《めいせき》な頭脳を失った。記憶は暗い闇の底に埋もれ、思い出そうとしても、淀んだ泥水を掻《か》き回すばかりだった。考えようとしても、頭の中が糊《のり》で固められたように不能になっていた。私は統合失調症（早発性痴呆《ちほう》症）になっていたのだろうが、当時の私にはそんなことなど思いも及《およ》ばないことだった。ただ記憶力も思考力も失って、何もできなくなった自分に絶望《ぜつぼう》し、そしてその事実を秘め隠《かく》そうとした。

そんな私が生き恥を回避するために廃学《はいがく》を試《こころ》みたのは当然のことだった。私は父に退学させてくれるように訴《うった》えた。何かいい口実《こうじつ》をもって私の敗北と恥辱《ちじょく》を覆《おお》い隠して、そっと彼らの中から救い出してくれることを望んだのだ。しかし、父は教師に相談したうえで、私の逃亡を許《ゆる》そうとはしなかった。教師は私を呼び出して詰問《きつもん》し、私は俯《うつむ》いて涙を流すばかりだった。ことの次第が白日の下《もと》に明らかになりかけると、私は自分の絶望が世間に知れわたることを恐《おそ》れてその試《こころ》みを断念した。激しい羞恥《しゅうち》が私にそれ以上のことをさせなかった。そしてそんなふうに私を追い込んだ父を恨《うら》んだ。

私は逃げ道を断《た》たれて、学校に留《とど》まったが、もうそこでやっていく能力を持っていなかった。私の成績は糸の切れた凧《たこ》のように失墜《しっつい》していった。そして私はどんよりと濁《にご》った頭脳を抱《かか》えて恐れ戦《おのの》いた。いつもどこからか侮蔑《ぶべつ》の視線で見つめられているような気がして、神経を研《と》ぎ澄ましているのだった。授業で浴《あ》びせられる教師たちの皮肉と、同級生たちの嘲笑に幾《いく》たびも冷や汗を流した。そうやって私の心はトゲ刺《さ》され、傷付いて、癒《いや》されることのない絶望と羞恥《しゅうち》のトラウマを蓄積していった。「彼らは廃馬を撃《う》つ」（マルロウ）という。私は彼らに撃たれ続けて為《な》すすべを知らない廃馬《はいば》となっていた。こうして学校という理性と真実の場は、私にとって屈辱《くつじょく》と恥辱の場となった。

学校を退《しりぞ》く試《こころ》みに失敗してのち、私は外の世界に順応しているように装《よそお》いながら、少しずつ学業を投げていった。そして密《ひそ》かに自分の殻《から》に閉じ籠《こ》もり、自分の存在の闇《やみ》の中に退行していった。読書だけが私を救う逃げ道となり、またそれが私の未来を拓《ひら》く道ともなった。十五歳の春に手をつけたニーチェやパスカルは、解《わか》らなくとも不条理への憧憬《どうけい》を呼び覚《さ》まし、耽読した芥川や直哉は心の襞《ひだ》にまで浸《し》み透《とお》って、自分の絶望の証《あか》しとなった。私は本の中に自分の似姿《にすがた》を見つけることで救《すく》われようとしていた。十六歳になると、ドストエフスキーや漱石を始め、世紀末の作家を追《お》っていた。そうして、懐疑的、絶望的、退廃的な厭世主義に染《そ》まっていった。半年もすると、辞書を片手に英語の聖書や基督伝《きりすとでん》、そして、アラン・ポーやシェークスピア、……、それに英語版《えいごばん》のチェーホフを読《よ》んでいた。

そんな文学の読書に浸《ひた》りきった生活をして一年も過《す》ごすと、私の脳裡は狂気の恐れから淀《よど》んだ疲れに変わり、落ち着きを取り戻していた。私は洞窟《どうくつ》の奥から遠い入口の光を見るように外の世界を眺《なが》めていた。私の部屋の窓辺からは田舎町の家並みの連《つら》なりの上に、青い山々の連なりが見えた。それは鉛色《なまりいろ》の曇天《どんてん》の下《もと》に拡がった虚《うつ》ろな風景だった。私は倦怠《けんたい》にも似た疲れを感じながら、そんな風景に見入って長いことぼんやりしていた。そして翻《ひるがえ》って底無しの闇に包《つつ》まれた自分の内なる存在を感じ続けて、そこに安《やす》らぐようになっていた。

私はあまりにも激しく自分を自虐的に否定し続けた反動で、憐《あわ》れむように自分を肯定するようになっていった。どんなに自分自身を意識で否定《ひてい》しても、自分の存在は無《な》くなりはしない。どんなに自分自身を否定《ひてい》しても、否定している自分は否定《ひてい》できない。良かれ悪しかれ、自分自身（存在するもの）は存在するのだ。私は自《おの》ずから体制の理性に従《したが》う者から、自分の存在の不条理に従《したが》う者に変わっていった。それは自分自身（絶望）であろうとしない絶望《ぜつぼう》から、自分自身（絶望）であろうとする絶望へと転換《てんかん》していくことだった。それは頑《かたく》なに外の世界を否定して自閉《じへい》化し、内面性を肥大させていくことでもあった。私はそんなふうにして厭世《えんせい》主義の文学に耽溺《たんでき》し、虚無主義を胚胎《はいたい》していった。

そうして十六歳も終わる頃、落ち着いてきた私の存在の奥底《おくそこ》に仄《ほの》かな初恋の衝動が芽生えた。クラスの遠足の折《お》り、はぐれた二人が見つめ合って、互いに俯《うつむ》いたというだけのなれ初《そ》めだった。彼女はしばらくして何もしない私を見限《みかぎ》ってか、別のボーイフレンドのところに行ってしまった。しかし、私の慕情《ぼじょう》は消えることはなかった。私は密《ひそ》やかにますます彼女に恋い焦がれ、夜となく昼となく彼女のことを思い続けるようになっていった。私は自《おの》ずから絶望が恋愛をもたらすことを知るに至《いた》ったが、絶望がそれを悲恋に終わらせることを知る由《よし》もなかった。

私は自分を貶《おとし》めて劣等《れっとう》感に苛《さいな》まれた分だけ、優等生で思うがままに飛び回っている天真爛漫《てんしんらんまん》な彼女に憧《あこが》れた。あたかも彼女に自我の独立と自由があるように思ったのだ。そして、彼女に相応《ふさわ》しい男であろうとして、自分の絶望の中に新しい力を見い出そうとした。私はそれまで自分を否定して止《や》まなかった一切《いっさい》のもの、観念に反して、道徳に反して、自《みずか》らの存在を絶望的に肯定《こうてい》しようとした。私は学校に反《はん》しても、社会に反しても、自分自身（疎外されてありきること）を通して、自らの意志と力を得《え》ようとした。それは、私が絶望者として、罪《つみ》びととして生きることでもあった。その頃《ころ》に読んでいたアルベール・カミュの与えた衝撃が、十七歳の私をそのことに踏《ふ》み切らせた。カミュの実存《じつぞん》主義は、絶望的に自分自身（疎外されてありきること）を通して、真の自分を生《い》きる能動的ニヒリズムの激情となって私を行動へと駆《か》り立《た》てていった。

私は自分が恐怖に戦《おのの》いて無能なのは、自分が体制の価値観に支配されているからだと思った。私はそんな価値観を無意味な習慣《しゅうかん》として捨て去り、全世界に対して、全存在に対して絶望《ぜつぼう》的に自分自身（存在）であろうとし、そういう自分自身（疎外されてありきること）によって、自分の自信《じしん》と能力を取り戻《もど》し、自分の全人格を完遂《かんすい》しようとした。私はそんな実存への衝動をいとおしいほどに感《かん》じながら十七歳を生《い》きていた。

第二節　米子

その年の春、私は田舎《いなか》の実家を出て、独《ひと》り米子に移り住んだ。私が入ったアパートはなかば田園に囲まれた閑静《かんせい》な住宅街の外《はず》れにあった。私はそこで家族からも学校からも、自分自身を引き離し、それら一切《いっさい》の価値を否定して、自分だけの世界に入《はい》っていった。そこであれほど欲した孤独を実現した喜びに打ち震《ふる》え、孤独の闇に広がる自分の存在感覚を満喫《まんきつ》した。そこから旅立って学校を去ることもできれば、その前に思う存分、独《ひと》り自分だけの世界で読書に没頭《ぼっとう》することもできるだろう。私はそんな「絶望への情熱」が自分の中に満ち溢《あふ》れるのを感じて、それが新しい真《しん》の自分の感覚であることを確信《かくしん》していた。

私はよく窓辺に腰を掛《か》けて、ぼんやり田園の風物に見入っていた。曇天《どんてん》の空の下に広がった暮れなずむ世界が、降り頻《しき》る五月雨《さみだれ》に白く煙《けむ》っていた。そして私は気疎《けうと》さに身を任《まか》せて、無為なままに時を過ごし、己《おのれ》の存在の意識に溺《おぼ》れていった。そんなふうに自分の存在を感じながら息《いき》づき、そんな掛《か》け替《が》えのない存在の感覚をいとおしんだ。そして時には、家の前の用水路に浮草を浮《う》かべて流れる水に見入《みい》って飽《あ》きない自分がいた。春先の田圃《たんぼ》の畦道《あぜみち》の土くれの温《ぬく》もりを、手の指で感《かん》じ続けた自分もいた。私はそんなアンニュイな存在の感覚に陶酔《とうすい》して飽《あ》くことを知らなかった。そしてそんな存在の奥底《おくそこ》から湧き上がってくる虚無の力によって、無限の可能性が開《ひら》かれ、本当の自分自身の一切《いっさい》が実現することを思《おも》った。

そんなある日の夜、私は恋焦《こいこ》がれた初恋の疼《うず》きに堪え兼《か》ねて、自分の部屋を飛び出すと、降り頻《しき》る夜雨《よさめ》の街道を大山《だいせん》に向かって走っていた。点々と続く街灯の灯りが、数珠繋《じゅずつな》ぎに暗黒の闇を照らし出していた。どれほど走ったことだろうか。ずぶ濡《ぬ》れになって立ち止まり、闇《やみ》を仰《あお》いで息をついたが、湧き上がってくる恋する人への情熱を、いとおしいほどに感じ続《つづ》けていた。

愛することは孤独の営《いとな》みでしかあり得ない。愛することは孤独になりきることを通《とお》して、死《し》ぬること、生まれ変わることだった。それは時として自分の属《ぞく》する共同体を捨て去ることとして現《あら》われる。

その頃、私はそれまでの日常の生活を捨てようとして、持《も》っていた腕時計の針を止《と》めてしまった。そうやって、もはや外のシステムに支配されようとはしなかった。赴《おもむ》くままに目覚めてから学校に行き、もはや誰とも口を利《き》かなかった。誰がそれを咎《とが》めようと、意に介《かい》さなかった。そして、ひたすら文学書を読み耽《ふけ》った。太宰《だざい》、チェーホフ、カミュ、サルトル、マルロウ、ルソーと。

そんな私のニヒリズムに惹《ひ》かれてか絶望の友が、キルケゴールとウイスキーを携《たずさ》えて、私の住まいを訪《たず》ねて来るようになった。私は初めて焼けるようなウイスキーを飲み、酔って、倒れて、反吐《へど》を吐《は》いた。私は、確かに、何かしら自分の破滅を求めて飲んでいたのには違《ちが》いなかった。彼はそんな私をバイクに乗せて夜の街道を疾駆《しっく》した。彼は、分かるよ、女だろう、と言った。私はてっきり彼が私の絶望を理解してくれるものと思い込《こ》み、そして、私の絶望を共有《きょうゆう》してくれるものと勘違《かんちが》いした。そして、私は迂闊《うかつ》にも彼に私の絶望の計画を打ち明けた。私はいずれ放浪《ほうろう》の旅に出て、人知れず死ぬるのだと。私は彼が共鳴《きょうめい》してくれれば、彼と共に破滅に向《む》かって、暴走していくことができるような気がしていた。

意外なことに、彼はそんな私の言葉を激しく撥ね付けたので、私は欺かれたという気がしてひどく傷付いた。そればかりか、自分の秘密を話してしまったことでひどく不安になった。人に自分の絶望を知られることは、恐《おそ》ろしいことだったのだ。

夏が近づくに連《つ》れて、そんな私の西向きの部屋は、赤い夕陽を浴びて、けだるい空虚に満たされた。私の傍若無人《ぼうじゃくぶじん》な生活無能者ぶりに、学校や近所から非難の声があがり始め、疲れと倦怠《けんたい》の中に言い知れぬ恐れが兆《きざ》した。絶望のニヒリズムを生きようとして、自分の内に閉じ籠《こ》もって半年、私の孤独に狂気の影が忍び寄っていた。当初の孤独の喜びは信じ難《がた》い恐れに変わっていた。アパートの一室に独《ひと》り閉じ籠《こ》もった私には、世界中が私という異物を見つめ、私を知り尽《つ》くし、私を断罪しているように思われた。心が恐れでトゲ刺《さ》されるように痛かった。そして、ついに地の底から湧《わ》き上がってくるような狂気の波動（神経の緊張）に襲われ、体を戦《おのの》かせて、叫《さけ》び出《だ》そうとしていた。

その時、私は激しい恐怖に堪《た》え兼《か》ねて、神の前に自分を投げ出し、それまでの自分の罪《つみ》を認め、罪の許しを乞《こ》うていた。そうして、どれほどの時が経《た》ったことだろう。気が付《つ》くと、狂気から救《すく》われて、救いの中にあらしめられた自分がいた。こうして、私は悔悟者《かいごしゃ》となり、自分を襲った狂気と悔悛《かいしゅん》の嵐が過ぎ去ると、私はそそくさと下宿を引き払い、キルケゴールを携《たずさ》えて田舎の実家に帰《かえ》っていった。そして、私はただひたすら自己自身《じこじしん》であろうとしながら、キルケゴールに没入《ぼつにゅう》していった。

私がキルケゴールによって知ったことは、自分が絶望《ぜつぼう》して自己自身であろうとしたこと、それが罪《つみ》であったこと、そして、それが至るであろう死への関わりによって、永遠的《えいえん》なものに回し向けられ、そこに身を委《ゆだ》ねたところから救《すく》われたことだった。そして、私はそうやって得《え》た信仰を命綱《いのちづな》にして、改《あらた》めて自分の底無しの存在の深《ふか》みに降りていった。そうして、私は信ずることによって、改《あらた》めて自己自身でありきり、それによって、永遠と一体になるという恍惚《こうこつ》を経験《けいけん》した。

だから、私が自己自身（疎外されてありきること）を、神に対《たい》して、絶望として、罪《つみ》として認めたとしても、それは決《けっ》して自己自身（疎外されてありきること）を放棄《ほうき》するものではなかった。なぜというなら、私は自己自身（疎外されてありきること）によって、永遠的なものを信ずるに至《いた》ったのであり、そうであれば、信ずるためには、自己《じこ》自身であろうとしなければならないことになるからだった。それは私が絶望《ぜつぼう》者として、罪《つみ》びととして、信仰者になることを意味していた。私は自己自身（疎外《そがい》されてありきること）によって、永遠《えいえん》的なものに回し向けられて信ずることができ、そして、逆に信《しん》ずることによって、さらに深《ふか》く自己自身であらしめられ、そして自分自身でありきることによって、永遠《えいえん》的なものと一体《いったい》になることができたのだ。

だから、私は信《しん》ずることに於《お》いて、ただひたすら自己自身でありきりさえすれば良かった。私は反抗《はんこう》することによって、自己自身になる代《か》わりに、信ずることによって、自己自身になることを知《し》ったのだ。そこで私はもはや何ものをも恐れる必要を無《な》くしていた。たとえ、彼らがそれを反抗と呼ぶとしても、また、それを罪悪《ざいあく》と呼《よ》ぶとしても、信ずることが真理であるかぎり、信ずることに於《お》いて、自己自身でありきりさえすればよかったのだ。

こうして、私の実存《じつぞん》――自己自身（疎外されてありきること）によって、永遠的なものへと回《まわ》し向けられて生きること――は、信仰として貫《つらぬ》かれることによって、いっそう強《つよ》く、いっそう揺《ゆ》るぎないものとなって、私の中に定着《ていちゃく》していった。

やがて、キルケゴールの読書に終始《しゅうし》した十七歳の夏休みが過ぎ去って、私の脳は疲労してどんよりと濁《にご》り、キルケゴールのほかには何も受け付けなかった。私は授業を受けても何も理解できなかった。口頭《こうとう》での教師の質問に、ただ解らない、と言うよりほかに、何も答《こた》えることができなかった。彼らはそれを不敬《ふけい》な反逆と見做《みな》して激しくなじった。しかし、私は何《なに》も悪いことをしているつもりはなかった。なぜなら、私はただひたすら自分自身であろうとしただけだったのだから。それが私の信仰《しんこう》の姿だったのだ。そうして数ケ月、私は学校のすべてから疎外《そがい》されて、まったき孤独の中に過ごしていった。公然と学校の営みを放棄《ほうき》して、非難と侮辱の嵐《あらし》を受けるがままに受け流《なが》していった。そして、そんな苦しみの時は流れて、待っていた卒業の時を迎《むか》えた。私は卒業式にも出ないで、高校を終《お》え、浪人生活に入って、自由の身《み》になった。

私はただ神には一切《いっさい》が可能であると信じ、信仰さえあれば、明晰《めいせき》な頭脳が復活すると信じた。だから、休むだけ休んでよみがえり、キリスト者として生き直《い》そうと思った。勉強をやり直《なお》して医者になり、死んでいく人々と悲しみを共にして生《い》きていこうと思った。それにしても、私は大学に進学していった同級生たちの流《なが》れから完全に落ちこぼれて、体制の外を独《ひと》り歩き出《だ》していた。

勿論《もちろん》、初恋の女が、私と絶望を共有しようとはしないで、私を独《ひと》り置いて進学していくのは仕方《しかた》のないことだった。彼女は体制に誉《ほ》めそやされて、男友達の間をはしゃいで飛び回《まわ》り、私が苦しむのを見て喜《よろこ》んでいるふうだった。私には彼女がそうやって女子大から大人へと絶望《ぜつぼう》に向《む》かって生きていくように思われた。なぜなら、人を愛《あい》するためには、絶望《ぜつぼう》していなければならないが、彼女は絶望しないことによって、愛《あい》することを知らない絶望に陥《おちい》っていくだろうから。私はそんな彼女を去《さ》っていくに任《まか》せるよりほかはなかった。絶望の悲しみを共有《きょうゆう》できなければ、すべては無意味《むいみ》だった。しょせん、私は諦めるしかなかったのだ。なぜなら、私が死ぬほどに彼女を愛したとしても、「愛することに愛されることが、対応《たいおう》しなければ、その愛は不毛《ふもう》であろう」から。私は初恋の思いを断《た》ち切ろうとして、彼女に別れの手紙を書《か》いた。かくして、私の初恋は悲恋《ひれん》に終わったが、それは心に拘泥《こうでい》してやまない傷跡を残《のこ》した。それは私を永遠に孤独であらしめ、体制から去《さ》らしめた。そして、私の愛は自《おの》ずから永遠の信仰へと昇華《しょうか》していった。

私は山深い故郷の片隅で、森の隠者のように静謐《せいひつ》な生活に入ると、疲れた体を横たえて、体が強張《こわば》るほどに眠り続けた。目ざめて朝の光を見て眠り、また目ざめて夕《ゆう》の光を見てまた眠った。日の出を見てから日の沈むのを見るまで、ほとんど体《からだ》を動かさなかった。心ゆくまで眠って起き出すと、それから読書と山歩きの日々《ひび》となった。ホイジンガー、フローベル、ストリンドベリ、オーウェル、モーム、……と。そして、読み疲《つか》れては散歩に出て、誰もいない山中の林道に遊《あそ》んで、谷川のほとりで疲れるまで小石を投げていた。

といっても、週に一度は米子《よなご》のカトリック教会に通《かよ》った。教会の人たちは私を迎《むか》え容《い》れて暖《あたた》かだった。私はよく誰もいない教会の広場の芝生《しばふ》に寝そべって倦怠《けんたい》に身を任せ、まばゆい春の日射しを浴びながら、自分の存在感覚を味わった。誰《だれ》もいない聖堂の冷たい床にうつ伏して、気怠《けだる》い午後を過《す》ごしていたこともあった。夕暮れの鐘の音に心を惹《ひ》かれ、その響きに耳をそばだてていたこともあった。人知れず、鐘楼《しょうろう》の階段を登り詰め、階上から町並みを見下ろしていたこともあった。私はそんなふうに独り気の赴《おもむ》くままに、教会の霊的な雰囲気に浸って飽《あ》くことを知らなかった。そしてそこを自分の永遠の住み家《か》のように思《おも》った。

子供たちが群《む》れ遊ぶ教会の裏庭の片隅に小さなプレハブの小屋があって、私はよくそこから子供たちと戯《たわむ》れるシスターを見ていた。彼女は、若く、純真で、美しかった。私は悲恋《ひれん》に終わった初恋の悲しみから、そんなシスターに仄《ほの》かな恋をしたように思う。子供たちは、私と彼女が並んで坐《すわ》っていると、結婚しろ、結婚しろ、と言って囃《はや》し立てた。すると、シスターは顔を赤らめて逃げ出した。私はそれを可愛《かわい》らしく思ったが、彼女もまたしばらくして藤沢の修道院に去《さ》っていった。

私はさして悲しむこともなく、その年のクリスマスに米子の教会で洗礼《せんれい》を受けた。その日は、牡丹《ぼたん》雪の混じった強風が吹《ふ》き荒れていた。聖堂には小さな石油ストーブが一つあるきりで、私は寒さでかじかんだ身を震《ふる》わせながら祈り続けた。そして、洗礼を受けるに及んで、いつしか寒さを忘れ、体を火照《ほて》らせていた。ミサは深夜に及び、終わっても帰りのバスはなく、伝道場に泊《と》まった。薄い毛布にくるまって、老《お》いたシスターの焼いてくれたパンにバターを塗《ぬ》ってかじった。隙間風《すきまかぜ》が吹き込んでいたが、いつしか温《ぬく》もって寝入っていた。そして目覚めた時には、まばゆい朝の光に照り輝《かがや》いた世界を見た。

そんなふうに、私は帰郷した山里《やまざと》で、孤独と自然と信仰の中《うち》に、十八歳の青春を過ごして、疲れを癒《いや》していった。あたかも隠遁《いんとん》した信仰者のように静かな己《おのれ》の世界に遊んで飽《あ》くことを知らなかった。そうして、確かに、心の落ち着きと永遠の静寂を得たが、心なしか人の世に対する気疎《けうと》さを感じていた。それが統合失調症の予後《よご》であることを、当時の私は知《し》る由《よし》もなかった。そして、そのままその症状をずっと後々《のちのち》まで引き摺《ず》った。無論、それが虚無の壁となって、私を外の世界から遮断《しゃだん》してしまったことに気付きもしなかった。

そして、私のそんな平安の日々にも終わりが近《ちか》づいていていた。父は平滑筋肉腫《へいかつきんにくしゅ》という業病《ごうびょう》を患《わずら》って苦しみながら死ぬことができないでいた。父の病状は悪化の一途を辿《たど》り、一家の経済は困窮し、苛立《いらだ》った父の不満は、社会からの落伍者となった息子に向けられた。私は父の怒《いか》りの暴発に怯《おび》えて、父の下《もと》を去ろうとするばかりだった。働きに出ればよかったのだろうが、当時の私には働くことはただ恐怖だった。学問をやり直して身を立てる方が、ずっとやり易《やす》いことに思われた。私は迂闊《うかつ》にも自分の能力の復活を信じたのだ。私は自分の病気を意識してはいなかったのだ。当然《とうぜん》にも、私はその年の医学部の受験に二度目の失敗《しっぱい》をした。私は絶望の上に絶望を重ね、怒り狂う父の下《もと》にも、故郷にももういられなかった。私は家を出《で》るしかなかった。

あの日、故郷の教会に別れを告げようとした私の前に洗礼を授《さず》けてくれたW神父がいた。彼は物悲しい表情で私を見ると、寂《さび》しくなる、と言った。そして、必ず帰って来るのだよ、と言った。神父はじっと私を見ると、呟《つぶや》くようにある思い出を話《はな》し出した。ある日、病院から電話があって、死にかかった患者が神父を呼んでいるという。神父が駆《か》けつけてみると、その男はすでに死んでいた。その見知らぬ男が誰《だれ》なのか、考えあぐねていたが、ふと自分がかつて洗礼を施《ほどこ》した「あの子」だったと思い当たった。その子は成長して東京へ行って、行方《ゆくえ》知れずになっていたが、病気になって故郷《ふるさと》に帰って来ていた。そして、死を前にして教会に帰《かえ》ろうとしたのだ。神父はその男について話し終えると、誰であれ、神に招《まね》かれた者はどんなにその道を外れようと、最後には再び神の懐《ふところ》に帰って来るものだ、と言った。私は黙って肯《うなず》き、自分も死ぬ時には必《かなら》ず教会に帰って来るだろうと思《おも》った。

第三節　佐世保

それからしばらくして、私は予備校に入《はい》るために、長崎県の佐世保に旅立った。そして、そこで二年目の浪人生活に入った。佐世保は米軍基地の街《まち》だった。その軍事施設にも、売春街にも、何かしら索莫《さくばく》とした虚しさが漂《ただよ》っていた。しかし、私はそんな街並《まちな》みを自分に相応《ふさわ》しい第二の故郷のように思った。私はまったく孤独だったが、何の恐れもなかった。商店街の人込《ひとご》みの中を、独《ひと》り気ままに歩き回って孤独を楽しんだ。ただ明るい春の日射《ひざ》しの中で、「透明のカプセル」に入っているような不思議な感覚が取《と》れなかった（私は知らなかったのだが、これは離人《りじん》症といって統合失調症の症状《しょうじょう》なのだという）。

私が入った予備校の山の手の寮《りょう》からは、灰色の軍艦の停泊する港や、鉄条網に囲まれた基地や、山裾《やますそ》に纏《まと》わりついた雑草のような市街地の風景《ふうけい》を一望にすることができた。数年前、米軍の空母エンタープライズが寄港した際《さい》には、それに反対した学生たちと機動隊が衝突したという橋も見《み》えた。そして、そんな風景をぼんやりと眺《なが》めるのが私の日課になっていった。

私はこの寮から予備校に通《かよ》ったが、すでに勉学の能力を失っていた。私は必死になって教室の黒板を見《み》ようとし、講師の言うことを聞こうとしたが、それらを理解することも、記憶することもできなかった。私の前にはただ透明《とうめい》の壁《かべ》があるばかりで、外の世界のすべてが、その壁を通《とお》して意味を失っていた。私は透明の壁の外の世界に踏み入ろうとしてその真空に喘《あえ》ぎ、自分の中に虚《むな》しく戻って来るしかなかった。そして、彼岸《ひがん》の世界に取り付けないままに、不安の中に佇《たたず》み、身の破滅を予感して、この不吉な壁を取り払《はら》おうと試みた。

同じ部屋の友達と夜の街に繰《く》り出して、スナックで一杯のウイスキーを呷《あお》って、大空に向かって叫んでみたこともあった。そうすれば、自分が閉じ込《こ》められた「透明のカプセル」から抜《ぬ》け出せるような気がした。無論《むろん》、酔いがさめればもとの木阿弥《もくあみ》だった。私はどうしようもない絶望感と焦燥《しょうそう》感に追い立てられていった。わずかにキルケゴールやフランツ・

カフカの読書に慰《なぐさ》められるばかりだった。そんな憂《う》さを晴らそうと、夏休みのとある日、西海橋《さいかいばし》までヒッチハイクしたことがあった。そこには米軍基地の娼婦《しょうふ》たちの自殺の名所があって、覗《のぞ》き込もうとして近寄ると、すごい力で引き摺《ず》り込まれて落ちそうになった。白い人影のようなものを虚空《こくう》に見た瞬間のことだった。それが何であれ、私には不思議な体験《たいけん》だった。

それにしても、迫《せま》りくる絶望に向かって、私の前に現われてくるのは悲しい者たちばかりだった。終戦の衝撃《しょうげき》で発狂して、米軍基地の門前で米兵に最敬礼《さいけいれい》を繰《く》り返す狂人や、消防車となって叫《さけ》びながら、商店街を走り抜けて行く狂人が、不思議に私の耳目《じもく》を引いた。それに街を歩く米軍基地の売春婦たちの多くは、一様《いちよう》に顔にペンキを塗ったように醜《みにく》く、色褪《いろあ》せた白い肌をしていた。両脇を抱えられて、引き摺《ず》られていく女も見た。私がコーヒーを飲みに通《かよ》った基地の前のスナックの女だった。ある時、どこか憂《うれ》いのある悲しげな眼差《まなざ》しで私を見つめ、助けを求めるように、行きたくないな、と呟《つぶや》いて目を伏せた。彼女は私の悲しみに反応《はんのう》し、私は彼女の悲しみに反応した。私はできることなら助《たす》けてやりたかったが、何もしてやれなかった。町の人から「外人バーの女」と蔑《さげす》まれた彼女たちは、人を愛しては堕胎《だたい》を重ねて、子を産《う》めない体になっていくという。そんな娼婦たちの表情にはどうしようもない悲《かな》しみの影があった。私はその悲しさを自分の痛《いた》みとして共有できたが、そんな彼女たちの運命に対してまったく無力《むりょく》だった。

そんな虚しさの中を秋の日々は足早に過ぎていった。そして、受験の迫《せま》った年の瀬、受験生たちが一人また一人と去《さ》って行ったあとの寮は閑散《かんさん》として、壁に掛かった柱時計が虚《うつ》ろな時を刻んでいた。独《ひと》り残された私は物置場に捨てられた文系の問題集を拾《ひろ》い集めて、昼過ぎから夜明け近くまで自分の部屋で勉強した。夜明け前の午前三時頃、五冊目をやり終えると、寮《りょう》を抜《ぬ》け出して、例のスナックで、コーヒーを飲んでから寝るのがその頃《ころ》の習慣《しゅうかん》だった。

そのスナックは米軍基地の娼婦たちの溜《た》まり場だった。米兵でごった返すこともあったが、ほとんどは静かにジャズを聞《き》かせてくれた。そのカウンター越しに彼女・Rがいた。私は勉強に没頭したあとなので、疲れに任せて茫然《ぼうぜん》と彼女を見つめながら、束《つか》の間の安らぎの時を過ごした。Rは艶《つや》やかな肌をしていて、亜麻色《あまいろ》の髪を腰の辺りまで垂《た》らしていた。その美しさは神々《こうごう》しいばかりだった。亡《ほろ》びの予感が、彼女をより悲しく、美しいものにしていた。通り縋《すが》りの男が娼婦に声を掛けるように、彼女に声を掛けると、彼女は絹《きぬ》を裂くような声でヒステリーを起こした。異様な叫び声が辺《あた》りに響き渡って、瞬間、水を打ったような静寂が訪《おとず》れるほどだった。それは彼女が自分の娼婦《しょうふ》であることを、私に知《し》られたくないということには違いなかった。

彼女は私がそんな彼女を受け容れて、見守っていることに安堵《あんど》してか、何か考え込むふうだったが、自分は悪い女だから諦《あきら》めて欲しい、と言った。それでも私が諦めないのを見ると、自分をもらってくれないか、と聞《き》いた。私は何と答えていいのか、分からなくて俯《うつむ》いたが、そう言われて嬉《うれ》しいのには違いなかった。無論、彼女にとって私は純真無垢《むく》な青年であり、あまつさえ子供であった。彼女がそう思《おも》っているのは、いかにも人を見くびっているようだったが、私は彼女が微塵《みじん》の悪意も持っていないことを感じていた。街を行く娼婦たちは、初め恐ろしく奇麗《きれい》になるが、それは束の間のことで、あとは急激に色褪《いろあ》せて、最後は恐ろしく醜《みにく》くなるのが普通だった。Rは自分のそんな運命を予感して、そこから逃《のが》れようとして、私を求めたのには違《ちが》いなかった。

年が明けて一月下旬、私は降《ふ》りしきる雨の中を寝台特急で東京に行き、練習のつもりでW大の文学部の試験を受けた。ずぶ濡《ぬ》れになりながら自分自身になりきった自分がいた。絶望に向かって挑《いど》むように生きた自分がいた。結果《けっか》は合格だった。あれだけ本を読んできたのだから、当然という気《き》もしたが、「まぐれ」と言われれば、そんな気《き》もした。

三月上旬《じゅん》、本番のつもりで長崎の医学部の試験を受けた。文系はともかく理系には不安で確信の持《も》てない自分がいた。結果は三度目の不合格だった。自分が望んだところに合格しなかったことには、耐え難《がた》い空しさがあった。自分の望んだ自分自身になりえなかった絶望は、また自分自身を生き得《え》ていない絶望であり、それは彼女を愛しながら、愛しえない絶望となった。私は絶望の故《ゆえ》に彼女を求めながら、絶望の故に彼女と別《わか》れることになったのだ。

（私は、確かに精神的には、彼女と悲しみを共有して愛《あい》し合うことができた。しかしその愛によって生《う》まれ変《か》わって、生きることができなかった。社会に地歩を得て、生活者となることができなかった。己《おのれ》自身を社会的に生き得《え》ない人間は、また人を愛《あい》しえない人間ともなるのだ。)

(自分自身を生き得ていない悲しみ(コンプレックス)が、愛する人と結ばれることを拒むのだ。絶望によって自分自身から浮《う》き上がった不安は、私に行為として愛することを不能にしていた。私の敗北《はいぼく》が彼女の美しさに対するコンプレックスとなって、彼女の美しさを犯してまで、彼女と一体《いったい》となることを拒《こば》んだのだ。絶望した私には、確かに、彼女は美《うつく》しすぎたのだ。)

私が佐世保を去って東京に行くことを彼女に話すと、Rは「寂《さび》しくなる」と言った。そして、「帰って来るのだよ」と言った。私は肯《うなず》いて心を残しながら佐世保をあとにした。私はそうやって彼女を置《お》いて東京に行ったが、その翌年《よくとし》も翌々年もその次の年も、春になると長崎を訪《おとず》れて、そこの医学部を受験しては、彼女を捜《さが》して佐世保をさ迷った。そして、最後に分《わ》かったことは、彼女が私に帰って来い、と言った例のスナックに時たま来《き》ていたことだった。そしてついに彼女との再会の瞬間が迫《せま》ってきた時、私は立っていられなくなり、その場にいた別の娼婦を伴《ともな》って、そこを立ち去った。私はそれによって彼女を幸せ《しあわ》にできないことを表現し、私を諦《あきら》めさせようとした。私は幸福になることが恐《こわ》かったのだ。私は自分自身を生き得《え》ていないことが不安だったのだ。しかし別の娼婦と寝《ね》たことがどれほどRを傷《きず》付けたことだろう。たとえ、彼女もまた別の男に身を委《ゆだ》ねていたとしても、私は心を込めて自分を愛してくれた女を、仕合《しあわ》せにしてやれないままに置き去《ざ》りにした。一年後、彼女が結婚したことを知ると、ただなるべくしてなったと、すべてを諦《あきら》めるしかなかった。私はそうして一生消えることのない自虐《じぎゃく》の傷を自分で自分の心に刻《きざ》んだ。絶望の嵐が私の中を吹き抜けていった。寂《さび》しい青春の憂《うれ》いだった。

ともあれ、私は志望した長崎の大学への道を絶《た》たれて、私の心は絶望の思いにトゲ刺されて疼《うず》き、痛みが止《と》まらなかった。私は絶望して自己自身であろうとして、自己自身でありえない、という絶望に行き着《つ》いた。絶望の上に絶望を重《かさ》ねたのだ。ただともかくも、W大の文学部に合格したことは、そんな私に束《つか》の間の救いの場を与えた。死力を尽《つ》くして敗北したので、W大という受け皿が無ければ、私は途方に暮《く》れて、生き続けることはできなかっただろう。自分を超《こ》えた力に救われたという気《き》がした。

友達に借《か》りたわずかばかりの金で東京に出ると、その夜は東京駅のベンチで眠っていて、警察に捕まった。保護《ほご》されたのだ。それからあとは、東京の人波の中を、故郷の友達を伝って生き延びた。すべては奇跡的な偶然の成《な》りゆきだった。田舎から当てにしていなかった仕送《しおく》りがくると、それで自分の下宿を借《か》りて、意を決してバイトに出た。喫茶《きっさ》店のボーイの仕事だった。生まれて初めて経験する賃労働《ちんろうどう》だった。

学校が始まると、虚脱感とも解放感とも知れぬ思いに誘《さそ》われて、春浅いW大のキャンパスを当てどなく散策《さんさく》した。そこには鉄筋の校舎の群れが誇らかに林立し、その中のあるものは、蔦《つた》に蔽《おお》われて美しかった。その傍《かたわ》らの並木道を歩くと、差し込んでくる木漏《こ》れ日《び》が眩《まぶ》しかった。馬場下《ばばした》の文学部の裏庭の辺りと言えば、まだ木造の建物が残っていて、古びた木の壁や床には、通り過《す》ぎていった若者たちの青春の痕跡《こんせき》が此処彼処《ここかしこ》に残っていた。そこには甘酸っぱい青春の香りがあった。学生たちの溢《あふ》れる若さを宿した学園の風物は爽《さわ》やかだったが、吹き抜ける春の風はどこか不穏《ふおん》で物悲《ものがな》しかった。

確かに、医学部への私の試みは、絶望に終わったものの、辛《かろ》うじて行き場だけは与えられた。W大は私の青春に心なしかのプライドを与《あた》えてくれた。しかし、哲学や文学は自分で学ぶものであって、教壇《きょうだん》から学ぶものであるとは思えなかった。それに私は自分がただ死ぬのを猶予《ゆうよ》されているだけだという気がしていた。そして、私の中にあった空《むな》しさは、自分がこの世では決して生きていくことができないという諦念《ていねん》に変《か》わっていった。自分とこの世の間には越えることのできない隔《へだ》ての壁があった。私はその壁《かべ》を破ろうとして、どうしようもなく身をもがき、死を求めて学生運動に身を投《とう》じていった。私の「絶望への情熱」が死に向かって暴走し、炸裂《さくれつ》していった。それはよみがえることへの情熱を秘めてもいただろう。そこに私の傷だらけの二十歳《はたち》の青春が、やっと花開《ひら》いた。

第四節　東京

一九七二年春、当時《とうじ》の学生運動は、浅間山荘事件もあって、すでに一般学生の支持を失っていたが、沖縄返還を控《ひか》えてベトナム反戦運動が、残り火のような盛《も》り上《あ》がりを見せていた。そこには体制に反抗する学生たちの自由と解放の喜びがあった。私の初《はじ》めての闘争は、W大の一文の仲間たちとデモのスクラムを組《く》んで、機動隊の壁《かべ》に衝突《しょうとつ》しながら、清水谷公園までひた走《はし》ることだった。ビルの谷間から見上げると、夜空の闇《やみ》から降りしきる小雨が、街灯の光に照らし出されて、紡錘形《ぼうすいけい》の空間を浮かび上がらせていた。冷たい雨だったが、密集《みっしゅう》した学生たちの熱気で湯気が立ち昇《のぼ》っていた。

機動隊は青いヘルメットと乱闘服で身を固め、楯《たて》を手にして待ち構えていた。怒号《どごう》が飛び交《か》い、催涙ガスの匂《にお》いが鼻をついた。機動隊との衝突の直前、膝《ひざ》がガクガクと震《ふる》えたが、隊列を組んだまま機動隊にぶつかっていった。コンコンコンとヘルメットと機動隊の楯《たて》が、ぶつかる音がしてきたかと思うと、ガーンという音と共に自分が衝突し、警棒や鉄拳《てっけん》の殴打《おうだ》を浴びた。その度《たび》に頭の中を流れ星が流れ、顔は腫《は》れて歪《ゆが》み、目の周りに青黒い隈《くま》ができた。それでも立ち向かっていく中で、私の中に鬱積《うっせき》していた劣等感が、権力に対して、体制に対して、怒りとして、憎しみとして炸裂《さくれつ》していった。それは生きることの悲しさと貧しさに対する反抗のどうしようもない肉体的な表現《ひょうげん》だった。

全学連は機動隊とそんな衝突を数週ごとに繰《く》り返し、そのつど私も傷付いたが、戦って汗《あせ》と血を流すことには爽《さわ》やかさがあった。それまでの屈辱も恥辱も洗《あら》い流されていくようだった。初めの頃は部隊の中ほどにいたが、すぐに馴《な》れて部隊の先頭《せんとう》をやるようになった。全学連の先頭はW大がやり、W大の先頭は一文がやったのだ。負傷のほとんどは、殴打《おうだ》されることによる打撲傷だったが、傷付くことは勇気の証《あか》しには違いなかった。私は白い包帯の巻かれた腕を三角巾《さんかくきん》で吊《つ》り下げた格好《かっぽ》で、W大のキャンパスを闊歩《かっぽ》した。傷だらけの青春には心なしか誇《ほこ》らかなロマンがあったのだ。

春の盛り、運動の最中《さなか》に亡くなった仲間の追悼《ついとう》のために、仲間たちとT大の本郷に行った。その構内《こうない》は広々としていて、どこか片田舎に帰ったような気がした。誰《だれ》が吹くのか、夕暮れの寮《りょう》から流れるトランペットの調《しら》べが物憂《ものう》かった。そこで全学連は××派の立て籠《こ》もった学生寮を包囲し、抗議の集会とデモを行《おこな》った。夜になると、一文だけが残って躑躅《つつじ》の植え込みに、鉄パイプを持たされて身を潜《ひそ》めた。「出てきたら叩《たた》け」と言われて、まんじりともせずに一夜を明かした。結局、誰《だれ》も出てこなくて安堵《あんど》の胸を撫《な》でおろした。私はそのあとのミーティングで意見を聞かれると、権力と戦《たたか》うのはいいが、党派と戦うのはくだらない、と言《い》った。なぜ党派闘争をしなければならないのか理由が分からなかった。しかし、私がいくら反対《はんたい》しても、部隊の中にいるかぎり、部隊の為《な》す党派闘争に巻《ま》き込《こ》まれていくのだった。

幾度となく闘争を繰《く》り返した一学期が過ぎて、夏休み、米軍の相模原補給廠《ほきゅうしょう》からベトナムへの戦車の輸送を阻止する闘争が始まった。弾圧は熾烈《しれつ》を極め、私が加わった現闘《げんとう》の部隊は、機動隊に一晩中、引き回され、私は警棒で殴《なぐ》られ続けて病院に運ばれた。背中が腫《は》れ上がって熱をもっていた。全治二週間の怪我《けが》ということだった。医者は、私は君のような人間（自分の命を粗末《そまつ》にする人間）は嫌《きら》いだ、と言った。そして、君は（こんなことをしていたら）死ぬんだぞ、と言った。

しかし、私は変わりようがないと思ったのだ。私の奥底《おくそこ》には疎外された貧《まず》しさと悲しさの疼《うず》きがあった。そんな自分自身（疎外《そがい》されてありきること）を通して、永遠的なもの（真の共同体）に回《まわ》し向けられていくことは、私の手放《てばな》すことのできない主義であり、信仰であり、実存《じつぞん》だった。青春の私はそれをもって、この世に受《う》け容れられることは、決してないであろうという悲哀を、この世に対する絶望的な闘争として表わして生きていた。私はマルクスの名の下《もと》に自分の実存（信仰）を貫《つらぬ》いて生きていた。私はその中で容易に十七歳の行動ニヒリズムにも帰《かえ》れたし、十八歳の原始キリスト教（共産主義の源流《げんりゅう》）にも帰ることができた。確かに、そのためには死んでもいいと思《おも》った。

この年の初秋、怪我《けが》の癒《い》えた私が先頭をやった全学連は、相模原で機動隊の阻止線を突破して、総崩《そうくず》れになった彼らを追撃した。最後は彼らが逃げ込んだ警察署の前で渦巻《うずまき》デモをやってその戦いを終えた。部隊は安堵《あんど》の中《うち》に後列から引き揚《あ》げていった。先頭にいた私は、それで最後尾に付くことになった。しばらくして、部隊の歩みが止《と》まって、不思議に思っていると、××派がいるという囁《ささや》きが伝わってきた。それと共に部隊は恐れと戦《おのの》きに包まれていった。私は仲間たちを掻《か》き分けて前線に出ると、激しい投石を受けて、体が浮き上がるようだった。そして、部隊は歩《ある》くように突撃して、「負ける」と思う間もなく、私の前の二人から戦列が崩《くず》れた。そこから部隊は総崩れになって潰走《かいそう》した。私も逃げたが、追撃されて、振り下《お》ろされた鉄パイプの一撃目を腕で受け止《と》め、そして、二撃目を頭にかぶったヘルメットに受《う》けた。激しい衝撃が走って目が眩《くら》んだ。何とかその場から逃げおおせたが、逆上《ぎゃくじょう》して引き返し、その場にいた仲間たちと戦線《せんせん》を立て直そうとした。しかし、これも破《やぶ》られてもう一度敗走して、戦いは終わった。全学連の初《はじ》めての敗北だったという。側頭部から横顔が腫《は》れて、顔全体が歪《ゆが》んでいたが、不思議に痛みは感《かん》じなかった。ただ腕で受けた鉄パイプの乾いた感触《かんしょく》が、いつまでも脳裏にこびりついて離《はな》れなかった。

私は負傷して仲間たちに連れて歩きながら、運動の行く末を案《あん》じ、自分がどうすべきかを考えあぐねた。私の頭に鉄パイプを振り下《お》ろした××派の青年の憎しみと、それを受けて逆上《ぎゃくじょう》した私の憎しみには謂《い》われがなかった。階級闘争に意味《いみ》があるとしても、党派闘争に意味はなかった。私はそれを為《な》すに自分の中《うち》にどんな必然性も見い出せなかった。どうするか結論を下せないまま、なぜか病気の父が死ぬまでは、このまま運動を続けていようと思《おも》った。父が死ぬまで、私も自分の死の追求を止《や》める気にはなれなかった。権力も体制も父から受け継いだ貧しさと惨《みじ》めさの怨敵《おんてき》だった。私は権力や体制と戦ってのみ父と一体《いったい》になれたのだ。

しかし、不思議《ふしぎ》なことに、それから数日して、突然、父が死んだという訃報《ふほう》が届《とど》いた。私は一滴の涙を流し、戦列を離れて田舎に帰った。私はそこで青ざめた父の遺骸《いがい》に見《まみ》えた。父の亡《な》き骸《がら》は痩《や》せてサルのように小さかった。私は言い様《よう》のない罪の意識を覚《おぼ》えると共に、肩の荷を降ろしたような安堵《あんど》を覚えた。挑《いど》むように喪主として葬儀を執り行い、一週間ほど田舎に居《い》てから東京に帰った。そんな私を待《ま》っていたのは活動家の友人××だった。

彼は私を下宿に招き入れて、相模原の報復に××派を騙《だま》し討ちにしたことを打ち明けた。そして、一文の書記長が逃げ遅《おく》れた××派の女の子を鉄パイプで叩《たた》き続けたことを非難《ひなん》した。私も彼に同調した。

「そんな卑怯《ひきょう》なことをすれば、恨《うら》みを買うだけじゃないか」

言いながら、彼らが自分の弱さを侮《あなど》られることを恐れて叩《たた》き続け、人を死なせてしまう場面が、ふと頭に浮《う》かんだ。

「次に起こるのはリンチ殺人だろう。僕も君もそれに加《くわ》わらないだろうが、黙《だま》ってそれを見《み》ていることになるだろう。しかし、それが問題なのだ。そんなことがW大で起《お》こったなら、学生運動は崩壊《ほうかい》してしまうだろう」

二人は酒を酌《く》み交《か》わしながら、そんなことを言い合って深夜に及んだ。一泊して彼と別れたが、それが彼との今生《こんじょう》の別れとなった。

組織に帰ると、驚《おどろ》いたことに、私は批判されていた。誰がそんな工作をしたのだろう。何かあれば人のせいにしてしまう不思議《ふしぎ》な組織だった。やってきた一文の委員長は、ぶっきらぼうに、私の信仰《しんこう》も実存もマルクス主義とは関係ないと言《い》い放った。そして先輩の一人は私の信仰を手ひどく攻撃した。私は彼らに反抗《はんこう》するつもりはなかった。しかし、私には何がどうあろうと信仰（実存）を捨《す》てることなどできようはずがなかった。自分自身（疎外《そがい》されてありきること）を通して、永遠的なもの（真の共同体）に回《まわ》し向けられていくという信仰（実存）を失《うしな》ったなら、私は私ではなくなるだろう。私は全学連の運動を、自分の実存《じつぞん》（信仰）に還元《かんげん》することなしには為《な》しえなかった。実存（信仰）という背骨を砕《くだ》かれれば、戦《たたか》うことも、死ぬこともできなくなるだろう。私は自分の立場を否定《ひてい》されて、困惑《こんわく》したまま追い詰《つ》められていった。

それにしても、私は階級闘争に反対《はんたい》したことなど一度もなかった。それがために命がけで戦《たたか》ってきた。なぜ、戦わなかった彼らが、血を流して戦った私を否定《ひてい》しようというのだろう。私は一文の副委員長がやられている仲間に背を向けて、俯《うつむ》いて逃げ出そうとしている姿をまざまざと思い出した。いったい誰《だれ》が戦ったというのだろう。自分が身を引いたなら、この組織は砂上の楼閣《ろうかく》のように崩れ去ってしまいそうな気《き》がした。しかし、それも自分の思い過ごしと思《おも》うよりほかなかった。

組織にいた最後の日、私は活動を終えて馬場下《ばばした》の文学部からアジトの下宿への道を歩いていた。すでに日はとっぷりと暮《く》れて通りは暗かった。どれほど歩いたことだろう。ふと気が付くと、何か小さな呟《つぶや》き声が、ずっと私のあとに付いて来ていた。赤信号で立ち止まったところで、その呟《つぶや》き声は足音と共に近づいて来た。耳をそばだてて聞くと、その呟《つぶや》きは「オレの方が……。オレの方が……。オレのほうが……」と言っていた。驚《おどろ》いて振り返ると、そこには一文の副委員長の能面《のうめん》のような顔があった。彼は私に付き纏《まと》って、私の信仰（実存）の自己批判を要求し続けた男だった。次の瞬間、私は身を翻《ひるがえ》して、赤信号の横断歩道に飛び出すと、一目散《もくさん》に走っていた。どれほど走ったことだろうか。私は息《いき》を切らして自分の部屋に辿《たど》り着くと、闇の中で息を潜《ひそ》め、忍び寄るスターリン主義の影に戦《おのの》いた。味方に背後から襲い掛かる暗い権力欲が、彼の中で蜷局《とぐろ》を巻《ま》いていた。

彼は私を蹴落《けお》として、一文の委員長になるだろう。そして、私を牛耳《ぎゅうじ》ろうとするだろう。彼は自らに依拠することを知らず、人に依存《いそん》することを社会主義と呼《よ》び、権力を得て人に号令することをマルクス主義と呼《よ》んでいた。権力に同化し、権力として人の屈従を強《し》いる、私はそんな彼をもてはやす組織に不安な亡《ほろ》びの影を見た。彼らは自らの運動が人々の実存に根差していないことに気付いていなかった。そして何も知らない新入生を戦いの最前線に送《おく》り出し、自《みずか》らは戦うことなく、人を組織化することを運動と称《しょう》していた。いったい運動に参加《さんか》した者を支配して何になるというのだろう。私は自由に選《えら》んで参加するサルトルの立場《たちば》をそんな彼らに否定されて、自分の立つ瀬《せ》を失っていた。私が抱《いだ》いていた自由と解放の夢が、組織という悪霊に押し潰《つぶ》されようとしていた。しかし、私は敵と戦《たたか》えても、味方と戦《たたか》うことができなかった。私は彼ら味方《みかた》からの攻撃に対して無力だった。私は長いこと迷《まよ》ったあげく、その夜遅く、ついに組織から脱落《だつらく》することを決意《けつい》した。

そして、次の日、私はバイトを探《さが》しに行くと言って、アジトをあとにすると、足に任せて当てどなくさ迷い、一歩一歩と組織との繋《つな》がりを断っていった。足が棒になるほど歩いて、日が暮れると、行《い》き当たった国電の駅から電車を乗り継いで、同郷の友人の家に身を寄《よ》せた。そして、私はそこで激しく酔い潰《つぶ》れた。そんなふうにして一週間ほど、彼の家で打《う》ちひしがれていたが、そこを去《さ》ってまた当てどなく東京をさ迷《まよ》った。そして、偶然、桜台で牛乳配達のバイトにありついて、住込《すみこ》みの部屋を得た。それは古《ふる》ぼけた木造の古本屋の二階《にかい》で、埃《ほこり》だらけの物置《ものおき》にベッドが一つあるきりの部屋だった。

私はともかくもそこに身を落ち着《つ》けて、一ケ月ほどしたろうか。その晩、私は仰向《あおむ》けに寝転んでソルジェニーツィンを読みながら、いつしか寝入《ねい》っていた。すると真夜中に激しく戸を叩《たた》く音でふと目を覚《さ》ました。誰かがピッタリと戸にすがりついて、ハアハアと切羽詰まった息遣《いきづか》いで、助けを求めてドンドンと戸を叩《たた》いていた。あまりにも必死だったので、私は怖《こわ》くなって、息を殺し、耳をそばだてて聞《き》いていた。三度目に戸が叩かれた時、私は助けてやろうと、意を決《けっ》して跳《と》び起き、ガラッと戸を開けた。瞬間《しゅんかん》、サッと何かが鼻先を掠《かす》めたような気がしたが、そこには誰《だれ》もいなかった。開け放った戸口から身を乗り出して見回したが、辺《あた》りには動く物一つなく、微塵《みじん》の風も吹いていなかった。夜の闇に物音一つしない静寂《せいじゃく》が広がり、廊下には裸電球の黄色い光が不気味な影を落《お》としていた。

私は訝《いぶか》りながら夜の仕事に出、それを終えて部屋に帰ると、テレビのスイッチを入れた。と、昨晩、W大の文学部で××が殺害《さつがい》されたというニュースが流《なが》れた。つい先日《せんじつ》まで私がいた一文の自治会室で、××は私のかつての仲間たちに、××派《は》のスパイとしてリンチを受けて殺されていた。文学部の構内に機動隊が入っていく画面を見ながら、私は呆気《あっけ》にとられて立ち尽《つ》くした。昨夜、助けを求めて私の部屋の戸を叩《たた》いたのは、死に迷った××の亡霊《ぼうれい》だったのだ。様々《さまざま》な思いが頭の中を駆け巡《めぐ》った。

××はスパイなどではなかったろう。私の仲間たちは××を殺《ころ》すつもりはなかったろう。反撃されることを恐れて叩《たた》き続け、ショック死させてしまったのだ。しかし、全学連は初めて人を殺したのだ。そうなった以上、嵐《あらし》のような断罪と報復の抗議行動の的《まと》となるだろう。危機に瀕《ひん》した今こそ仲間たちのところに帰って戦《たたか》わねば、……。しかし、組織から離脱しておいて、今更《いまさら》彼らに代わって、彼らの罪を負《お》って、批判の矢面に立ったとして、それに耐《た》えていられるだろうか。私は彼らのやったことに責任が持《も》てなかった。自分のやった罪ならともかくも、彼らのやった罪を背負って、断罪《だんざい》を受けて立つだけの確信《かくしん》が、私にあろうはずがなかった。

私は仲間たちのところに行《い》きかけて、立ち上がったまま長い間、そこに佇《たたず》んでいた。そして、そのままついに足を踏《ふ》み出すことはなかった。こうして、学生運動は私の手を離れ、暗黒《あんこく》の殺し合いに突入《とつにゅう》していった。

私はそうして紛争には巻き込まれることなしに生き残《のこ》った。しかし、それだけではすまなかった。彼ら仲間たちの中には、共にかばい合って戦《たたか》った友もいれば、マルクスを教えてくれた先輩もいた。そして、面倒《めんどう》を見てくれた女性の幹部もいた。彼らの中にはいい人もいたのだ。彼らが事件の当事者《とうじしゃ》として破滅《はめつ》していくのを、私は指をくわえて見ていることになった。私の心に悲しみのトゲが刺《さ》さったまま疼《うず》いて止《や》まなかった。私はやられていく仲間たちのところに帰《かえ》りたかったが、帰れない自分をどうすることもできなかった。そして私は迷《まよ》いながら逃《に》げるしかなかった。

仲間たちが組織的に逃亡したあと、私が逃げないでいれば、公安《こうあん》の標的になってしまう。現場にいなかったとはいえ、私は彼らの仲間だった。公安《こうあん》は彼らを捕《つか》まえないかぎり、私を捕まえたなら、私から情報を得ようとして、責《せ》めたてるだろう。知らないと言ってすむはずがなかった。私は公安の攻撃に耐《た》えるだけの自信がなかった。逃《に》げるよりほかはなかったのだ。

案の定、私は参考人として手配されていた。私は一粒《ひとつぶ》の砂として紛《まぎ》れ込んだ東京で用心《ようじん》深く身をやつしていった。そこで私は糊口《ここう》を凌《しの》ぐために働かなければならなかった。驚《おどろ》いたことに、働いて我を忘れていると、一日一日がアッと言う間に過ぎ去っていた。そんな労働の日々は、私に言《い》い知れぬ空白をもたらした。そして、私は暗黒の空間に放《ほう》り出されて、静かに底《そこ》無しの暗闇に沈《しず》んでいくような孤独を経験した。私はこの社会の一切から疎外《そがい》され、一切から宙に浮《う》いた存在になっていた。

他方、あの事件以後のW大は、××派の仲間たちとそれに抗議《こうぎ》する反××派の者たちとが、激しい武力衝突を繰り返していた。報復が報復を呼び、憎《にく》しみが憎しみを呼んで、殺し合いは留《とど》まることを知らなかった。彼らは、党派闘争を制《せい》して権力を奪取するという、レーニン主義に囚《とら》われているかぎり、殺し合いを止《や》めることができないのだ。そうやって、学生運動は死者の数を増しながら、衰退《すいたい》の一途を辿《たど》っていった。事件そのものは、捕まった仲間たちの黙秘《もくひ》によって、真相不明のまま時を経《へ》ていったが、ついに一文の書記長が自白《じはく》したことによって解決に向かった。私はそれによって、公安《こうあん》に捕《つか》まる恐れから解放されたが、どうしようもない空《むな》しさの中に取り残された。

次の年の春がくると、行き迷った私は、自分の絶望の原点《げんてん》に立ち返って、やり直そうと、長崎の医学部の試験を受けて、もう一度失敗《しっぱい》した。私は下井草のアパートに閉じ籠《こ》もって、飢えても立ち上がる気力を持たなかった。私は空しく頽《くずお》れたまま、なぜ助けてはくれないのか、と神に問《と》うた。そうして、立ち上がれないままに時を過ごしていった。そして家賃を溜《た》めこんで、大家に責《せ》め立てられ、やっとビルの清掃のバイトに就《つ》いた。私は刀折れ、矢尽きた敗残兵のように、絶望の重荷を背負って東京をさ迷《まよ》った。食うや食わずの生活だった。電車賃を無くして、バイト先の秋葉原から、下井草の自分の住処《すみか》まで歩いて帰ったこともあった。道も分からずに当てずっぽうに歩いて、一昼夜《いっちゅうや》かかって、やっと次の日の午後、偶然、自分の住処《すみか》に辿《たど》り着いていた。そんな荒《すさ》んだ生活をしたせいか、その夏にはひどく夏負けして暑さに喘《あえ》いだ。そこには生きて存在していることに、どうしようもなく苦《くる》しむ自分《じぶん》がいた。

私は社会から疎外され、窮乏して至《いた》るであろう死を、受け容れることができないかぎり、自己自身（孤独）から逃《のが》れ出て、我が身を体制に売り渡《わた》して働く者とならざるをえなかった。私はそうして体制《たいせい》に支配されたが、その支配にも耐《た》えていられなくて、再びその体制から逃《のが》れ出て、もとの自己自身（孤独）に帰っていった。そしてまた、同様に窮乏《きゅうぼう》することによって、再び体制に屈《くっ》して、身を売って、働く者に帰っていった。私はそんな絶望のシーソーゲームを繰《く》り返しながら、自信と誇りと力を失《うしな》っていった。私はそんな絶望の泥沼《どろぬま》で足掻《あが》きながら、屈辱に塗《まみ》れて生《い》きていった。そうして砂を噛《か》むような労働を終えて、自分の部屋に辿《たど》り着くと、ひたすら文学書や哲学書に没入《ぼつにゅう》していった。ソルジェニーツィン、リルケ、カフカ、……、そして、ルカーチ、レーヴィット、クレラ、……と。私はほかに自分の絶望《ぜつぼう》から逃れ、自分の存在と時間を解消《かいしょう》するすべを知《し》らなかった。

幸いなことには、私が移り住んだ学生街《がい》のアパートは、芸術家や哲学者を気取った学生たちの巣窟《そうくつ》だった。彼らは、長髪で髭を生やし、フーテンやヒッピイの恰好《かっこう》をして、学生生活の自由を謳歌《おうか》していた。彼らは芸術家らしく努《つと》めて反体制的で、絶望や退廃を売り物にして恥《は》じなかった。私は、確かに、彼らの中に紛《まぎ》れ込んで、少しも遜色《そんしょく》のない絶望者であり、哲学に溺《おぼ》れた変人《へんじん》であり、憂愁の孤独者だった。彼らの中にはそんな私に興味《きょうみ》をもってか、私の部屋に入り込《こ》んで、話し込んでいく者もいて、私もいつしかそんな彼らに気を許《ゆる》して、少しく付《つ》き合うようになっていた。私はそうして学校に行かない学生生活を送《おく》っていった。

そんなある夜、仕事を終えて家に帰り、部屋のドアを開《あ》けると、部屋の中は薄暗く、ガランとしていて、ドアのかすがいの軋《きし》む音が、冷たく心の空洞に響いてきた。私は部屋の入口に立ち尽くし、部屋に踏み込めないままに、踵《きびす》を返して、学生運動崩《くず》れのたむろする中野の飲み屋街に足を運《はこ》んだ。そこには私の経験してきた運動について吹聴《ふいちょう》する者たちがいた。私はそんな彼らと心情の共有《きょうゆう》を求めたのだ。

しかし、意《い》に反して、彼らは妙《みょう》によそよそしかった。のみならず、警戒心を露《あら》わにした。やがて分かってきたことは、彼らが自分では決して戦うことのない傍観者であることだった。彼らはどこかで聞《き》きかじってきた運動のうわさ話を、自分の手柄話のように語《かた》り合っては、酒を酌《く》み交《か》わし、女たちとの恋愛に興じていた。そして、棒切《ぼうき》れの一本でも隠し持っていれば、自分たちが権力に監視されているという不思議な幻想に酔《よ》って、そんな虚妄を共有《きょうゆう》して喜んでいた。実際、彼らは親の仕送《しおく》りで生きながら、ルンペンの恰好《かっこう》をして得意《とくい》になっているような者たちだった。

中《なか》にリンチ殺人の犯人になったつもりの青年がいて、スナックのママさんに匿《かくま》われて、狂言自殺を繰《く》り返していた。彼はそれを真《ま》に受けて助けようとする者に、敵意を露《あら》わにして、挑《いど》みかかっていくような男だった。しかし、考えてみれば、彼があのリンチ事件の犯人《はんにん》であろうはずがなかった。あの事件は私のかつての仲間《なかま》たちのやったことだった。彼はスナックのママさんのジゴロになるべく、彼女の革命妄想に同化して、悲劇の英雄《えいゆう》を演じて生きていたのだ。

私はそれでも彼らを受け容れて、マルクスが実存に還元《かんげん》されることについて語《かた》ろうとしたが、彼らはそれを聞《き》く耳を持たなかった。彼らは心を一つにして観念的として私をあざ笑った。私は誰《だれ》にも理解されることなしに、そこから去《さ》っていくしかなかった。そして、私はさらに気弱に、さらに無力になっていった。私はあることのためには戦って死《し》ぬことができたが、そのあることを失《うしな》って死ぬことができない人間になっていた。私は自分自身であろうとして自分自身でありえない自分《じぶん》をどうすることもできなかった。そこには青春《せいしゅん》の真ん中で完全に行き迷《まよ》った自分がいた。

私はそんな心の痛みに堪え兼《か》ねて、もう一度かつての学生運動の仲間たちと共に戦《たたか》いたいと思《おも》うようになっていた。少なくとも、そこには青春の純情と真実があった。人生の理想と夢があった。私はかつての仲間を追って、様々《さまざま》な闘争の現場に独《ひと》り足を運《はこ》んだ。日比谷公園、横須賀港、……と。しかし、かつての仲間たちの姿を遠目《とおめ》に見ながら、彼らが近づいてくると、逃げ出さずにはいられなかった。私は、確かに、仲間たちに反旗《はんき》を翻《ひるがえ》し、仲間たちを見捨てた裏切《うらぎ》り者だった。自分の考えを批判されて、自己批判を迫られながら去《さ》ってきた。だから、自分の思想を弁明《べんめい》する必要があった。私はマルクスが自分の実存に還元《かんげん》されることを証《あか》したかったのだ。それがなければ、自分がどんなに血を流《なが》して戦ったとしても、同じように批判され、同じように落伍《らくご》するしかないと思《おも》われた。

思想的な問題の解決の糸口は、マルクスの疎外論にあると思われた。なぜというに、自己自身から疎外された労働が、資本として現われているのであれば、自己自身でありきることによって、その疎外を止揚《しよう》するという実存の戦いが、資本の止揚として現れるからである。

そう考えれば、マルクスは、自らの実存《じつぞん》に（個々の労働者大衆の実存とその共有に）還元《かんげん》される。それが自由に選《えら》んで参加する民主主義（自己支配）でもあるだろう。それがあらゆる権力主義の排除《はいじょ》でもあるだろう。私はそんな考えを持《も》つようになっていた。私がまだ中野の界隈《かいわい》で独《ひと》り飲んだくれていたころのことだった。

そんなある日、ふと出会った名も知《し》らぬ人が、酔いどれた私に声を掛《か》けて、私の思いのたけを聞いてくれた。彼は頭部に六〇年安保を戦《たたか》った古傷を持っていて、出版社に勤《つと》めていると言っていた。彼は私に「書いてみろ」と言《い》ってくれた。私は我が意を得て、彼に感謝し、勢《いきお》い込んで書き始めた。しかし、勿論《もちろん》、うまくは書《か》けなかった。書き直《なお》しても、書き直しても、うまくは書けなかった。そのうちバイトを投《な》げ出して、書くことに没入《ぼつにゅう》したが、行き詰《づ》まって飢えに怯《おび》えた。体がふらついて、地面が覚束《おぼつか》なく揺れるころ、私は東京をあとにして、田舎《いなか》に帰ることにした。あえて母のところに身を寄《よ》せて、自分の原稿を完成《かんせい》しようと思ったのだ。ほどなくして、私は東京をあとにして母の住《す》む倉吉への帰途《きと》に就《つ》いていた（二十四歳のことだった）。

第五節　倉吉

母は街外《まちはず》れの山陰の、小さな家にひっそりと暮らしていた。彼女は帰ってきた息子を迎え入れて、あとは思うがままにさせて、愚痴《ぐち》一つ言わなかった。私は明るい秋の陽射しの降り注ぐ窓辺に本箱を置くと、そこにへーゲルの全集とマルクスの草稿《そうこう》群を取り揃《そろ》え、その読書に没頭していった。そして、それを自分の思想に還元して書き綴《つづ》っていった。実存《じつぞん》をもってマルクスの原理であることを証明できたら、どんなに素晴《すば》らしいことだろう。それができたらすべてが変《か》わることだろう。私の中に再び夢と希望が蘇《よみがえ》っていた。私はそんな思いに駆《か》り立てられて、無我《むが》夢中に読んでは書く日々を送っていった。日に一度、川向うの喫茶店で、コーヒーを啜《すす》るよりほかに、これといって何もない静かな生活だった。そして、ほんのしばらくの間、母の膝下《ひざもと》で過《す》ごそうと思っていたものが、いつしか三年の歳月が流《なが》れていた。私はどうにか原稿《げんこう》を書きあげると、活字にしてもらうように取り計《はか》らって、自分は紡績工場に働きに出かけた。

紡績工場は刑務所のような高い塀《へい》に囲まれた灰色の世界だった。ゴウゴウと回る紡績機の糸を繋《つな》いで回るのが仕事だったが、繋《つな》いでも繋いでも糸は切れていき、機械に追い着くことはできなかった。十時間、駆《か》けずり回ると、茫然《ぼうぜん》自失して、何も考えられなかった。頭の中を機械の残響《ざんきょう》が鳴り響いて止《や》まなかった。とても自分としてやっていける仕事《しごと》ではなかった。実際、そこで働く十代なかばの女工たちは、人間らしさも、女らしさも失《うしな》って、気味の悪い動物になっていた。それでも、私は労働運動に入《はい》っていくつもりで、自分の経験と心情を共有《きょうゆう》できる人を捜《さが》したが、そこには冷たい無視と反感《はんかん》があるばかりだった。私と心を共にしてくれる者など一人もいなかった。逆《ぎゃく》に私の言動が気に食わなかったのか、私は原綿の塵《ちり》と埃《ほこり》で息もできない懲罰房《ちょうばつぼう》のような持ち場に回《まわ》された。仕事が終《お》わって、洗面所で鼻をかむと、両の手ですくうほどに泥水《どろみず》が出てきた。さしてそのことを気にしたわけでもなかったが、半年働いてそこを退職《たいしょく》した。私はまったく疎外されて無力《むりょく》だった。

私は失語症にでも罹《かか》ったように誰《だれ》に対しても言うべき言葉を失って、自分の原稿に帰っていった。原稿を直しながら、和文《わぶん》のタイプを叩いた。やりすぎて肩が凝《こ》り固まった。原稿を活字にすると、コピーしてかつての運動の組織の前衛《ぜんえい》に送った。しかし、予期に反《はん》して彼らから返事をもらうことはなかった。あれほど答《こた》えることを強要した彼らが、沈黙して答えないことに、私の心は憂《うれ》いて悲しみに沈んだ。自分の義務を果たした喜びが、やがて虚《むな》しさに変わり、時の移《うつ》ろいの中に消えていった。そして私が闘《たたか》う若さを失っていくのと並行するように、学生運動も衰退していった。崩《くず》れていく青春を支えようとした二十代が、絶望に終《お》わろうとしていた。

私はそれもこれも、自分の原稿が、人の理解に耐《た》えないからだと結論して書き直そうとした。そうして、半年働いては半年原稿に向《む》かうというような生活を数年にわたって繰《く》り返した。圧着端子工場、工務店、印刷《いんさつ》所、……と。そんな社会での営《いとな》みは、薄氷を踏《ふ》むような恐れを秘めていた。

そして、私は失われていく青春の幻《まぼろし》を追って、放浪の旅に出てもみた。東京が懐《なつ》かしかったのだ。私はなけなしの金で東京に赴《おもむ》くと、その晩《ばん》から土工の飯場《はんば》に泊まった。昼間は荒くれた労務者たちの中で、激しい肉体労働に勤《いそ》しんだ。彼らによれば、あるのはスコップとツルハシだけだという。そして、出《で》るのは汗と溜息《ためいき》だけだという。そんな力仕事を終えて夜になると、タコ部屋《べや》で彼らと酒を酌《く》み交《か》わした。彼らの多くはアル中と言われていた。恐《おそ》ろしく飲んで暴れる者もいたが、さしてそれを咎《とが》める者もいなかった。皆が同じ思いだったのだ。そして、雨が降《ふ》ると、土工の仕事は休みなので、独《ひと》り思い出の場所を回ってみた。中野の界隈《かいわい》、早稲田の古本屋街、原町田の駅頭、……と。しかし、そこには色褪《いろあ》せた絵画のように、これと言って昔日《せきじつ》の印象はなかった。仲間たちはどこへ行《い》ったのだろう。あの夢と力はどこへ消えたのだろう。すべては過《す》ぎ去っていた。そしてそんな生活を数ケ月もすると、私は飯場《はんば》の生活に馴染《なじ》むこともなく、疲れ果てて、風邪をひき、空《むな》しく東京をあとにした。

私は田舎《いなか》に帰るとひたすら原稿に向かった。書くことに成功することだけが一切《いっさい》を救うだろうと思われた。しかし、一度書いた文章を書き直す作業は苦渋を窮《きわ》めた。一年余《あま》り、私は終わりの見えない不毛の砂漠を這《は》うように進んでいった。しかし、やがて、その砂を噛むような作業に行き詰《づ》まり、ついには一歩も前に進めなくなった。私は自分の思想を著《あら》わすことができないままに、力尽きて絶望していった。ストレスで心が押し拉《ひし》がれ、絶望で手がわなわなと震《ふる》え出した。私の限界が狂気の波動と共にやってきた。そして私は再発《さいはつ》してきた狂気の発作《ほっさ》をただ酒によって回避するよりほかに、為《な》すすべを知らなかった。そして私は飲みながら酒の力で書《か》こうとした。こうして、私は我知らずアルコール中毒の人生に入《はい》っていった。

三十一歳の暮れのことだった。眠《ねむ》ろうとして眠られぬ恐怖の夜、天然色の夢幻の中に、赤いホオズキの実《み》のような目をした少女が、私を見つめていた。と、私は痙攣《けいれん》に襲われて、頭がガクガクと後《うし》ろに引き付けられた。舌で喉《のど》が塞《ふさ》がれて息ができなかった。身を起《お》こして電燈を付けると、不気味な影が視界の片隅をネズミのように駆《か》け回っていた。私は恐怖に駆《か》られて精神病院に電話したが、受けてもらえぬコール音が、虚しく鳴《な》り続けるばかりだった。私は探し出した薬箱の鎮静剤《ちんせいざい》を飲んで、病院に行こうとして家の外に出た。そして闇《やみ》の中に起こった銀色の砂嵐《すなあらし》の中に巻き込《こ》まれていった。

それから何をしたのか、いつ気を失ったのか覚《おぼ》えていない。気が付くと、明るい日の光の中で、私は行きつけの医院の庭先に、倒《たお》れ込んでいくところだった。医院の中から看護婦さんが二人、駆《か》け寄って来て、両脇から体を抱《かか》え上げて、医院の中に運《はこ》び入れてくれた。医者はそんな私を急性アルコール中毒と診断《しんだん》した。私はそれを反射的に誤診だと思った。酒を飲んだから変《へん》になったのではなく、変だったから酒を飲んだのだ。私は迫《せま》りくる絶望を原因として狂気を発し、その恐怖から逃れるために酒を飲み、アルコール性癲癇《てんかん》を起こしたのだ。それにしても酒は私を狂気から救《すく》ってくれたのには違いなかった。ことの真相がそれと解《わか》ると、私はそれを知《し》られまいとするかのように、その医院から自分の家に逃《に》げ帰《かえ》った。

その夜からまるで死の淵《ふち》へと吸い込まれていくような、死の衝動が嵐のように吹き荒れた。懸命《けんめい》に足を踏ん張って、飛び降りたい衝動に耐えていると、魂だけが抜《ぬ》け落ちていくような不思議な気がした。しばらくして気が付くと、またもとの肉体に帰っていて、不思議に死の衝動《しょうどう》は消えていた。

そんなことがあってから、私は絶望から逃れ、狂気から逃《のが》れ、過去から逃れようとして酒と読書に溺《おぼ》れていった。図書館に通って読んだ本の量は、かつてのそれよりも桁外《けたはず》れに多かったが、感動は桁外《けたはず》れに少なかった。それでも、私は機械的に分厚い全集物を何巻も読《よ》み続けた。キルケゴール、ドストエフスキー、ニーチェ、ヘッセ、……と。そして、勿論《もちろん》、マルクスの『資本論』も、バランも、スージーも。そして、読むことに疲《つか》れては、図書館の芝生《しばふ》の庭をぼんやり眺《なが》めていた。外の世界は妙に明るくて眩《まぶ》しいのだった。

私はそんな日々を三年ほど重ねたろうか、その間《あいだ》にいつともなく自分を駆《か》り立てて、恋愛感情にも溺《おぼ》れていった。彼女は図書館で読書に勤《いそ》しむ私を興味《きょうみ》深げに見守っていたが、やがてそんな私に惹《ひ》かれてか、ピンクのドレスを身に纏《まと》い、情欲に燃えた赤い目をしてその肉体をチラつかせ、人を誘惑《ゆうわく》するふうだった。私は彼女のそんな振《ふ》る舞《ま》いに反応したのだ。私は自分の過去と絶望から逃《のが》れるべく、彼女への思いに没入していった。私はそれが幻想や妄想《もうそう》であると思う余裕《よゆう》もなく、彼女を愛《あい》することで人生を立て直《なお》そうとした。そして彼女との生活のために働《はたら》きに出《で》ようとした。

無論、私と社会との間には、もうすでに越えられない深淵《しんえん》が横たわっていた。その恐怖の深淵を越《こ》えて、向こう岸に渡るためには、ただアルコールの力を必要とした。そうして、私は酒を自分の能力《のうりょく》のように思い、酒の力によって社会人《しゃかいじん》になろうとした。

職を求めて駆《か》けずり回ったあげくの果てに、どんな定職にも就《つ》けなかった私が、もう何でもいいと思《おも》うようになって、ふとありついたのは新聞配達のバイトだった。その時、私は三十四歳になっていた。初《はじ》めの頃は、朝の仕事を終《お》えると、少しく休《やす》んでから夕方まで、彼女のいる図書館で本を読《よ》んでいたが、一年もすると、新聞屋の専業《せんぎょう》となって、四六時中働くようになっていた。彼女とは会《あ》えなくなったが、彼女と一緒《いっしょ》になる夢は捨てなかった。私はそんな幻想と夢想を追いながら、絶望から逃《のが》れるべく仕事に溺れ、家に帰ると飲酒と読書に溺《おぼ》れていった。

真夜中から朝の仕事は、市街地から郊外《こうがい》の農村や山村の津々浦々まで、車で新聞を配《くば》って回《まわ》ることだった。夜明け前、誰一人《だれひとり》いない田舎の一本道を、百キロに近い猛スピードで疾駆《しっく》した。そして、午後の仕事は、家々を回《まわ》って営業したり、集金したりすることだった。私が好《この》んで回った山里の限界集落《げんかい》は、市街地の繁栄から取り残されて、どことなく亡びの影を帯《お》び、時の流れの中で廃《すた》れていくままに、静かに佇《たたず》んでいた。私はそんな倉吉という土地の隅々《すみずみ》にまで足を延ばして、そこに住み着いている庶民の営《いとな》みを少しく知《し》るようになっていった。それは私の前に現《あら》われた新しい世界でもあった。

こうして、私は自分の過去の絶望から逃《のが》れようとして、世間を受け容れ、世俗の塵《ちり》に塗《まみ》れていった。世俗の労働も生活もすべて本意《ほんい》ではなかったが、酒の力でその苦しみを受け容れた。それは、自分に対する裏切《うらぎ》りでも、耐《た》え難《がた》い屈辱でもあったが、酒の力でそれに甘《あま》んじた。朝の仕事が終わると酒を飲んで仮眠をとり、昼の仕事が終わると、また酒を飲んで読書に溺《おぼ》れた。それで酒と仕事の量は倍に増《ふ》えることになった。

私はそんなふうにして、三十代の半《なか》ばから激《はげ》しく働いた。日に十四時間は働《はたら》いたろうか。自己を失って事物《じぶつ》となり、汗にまみれて肉体となって、ひたすら働いた。身も心も奪い取られていくような疎外《そがい》労働だった。無論、私はそのストレスを酒なしに凌《しの》ぐことはできなかった。くたくたになって仕事を終《お》えると、激しい緊張から解《と》かれるために酒を飲み、自己自身に覚醒《かくせい》して活字に溺れた。私は酒によって底無しの虚無の中に埋没《まいぼつ》し、陶酔して、その偽《いつわ》りの実存感覚を本当の自分のように思《おも》った。そうして飲めば本当の自分に帰れるという幻想に浸《ひた》って、それが虚妄《きょもう》であることに気付かなかった。無論、酒を飲むことは、現実の自分自身から離《はな》れ出ることであり、自己疎外なのには違《ちが》いなかった。

私は、そんなふうに酒に依存《いそん》した労働と生活の日々が、私の時間と意識を奪い去っていくに連《つ》れて、いつしか本当に自分自身を見失《みうしな》い、本来の自分自身に帰るすべを失《うしな》っていった。それと共に、私はいつどこで何をしていても、何かしら本来《ほんらい》の自分自身から遠《とお》く引き離されて、暗闇の中をさ迷っているように感じ、本当の自分自身を生き得《え》ていないという自分に、恐怖にも似《に》た疎外感を抱《いだ》くようになっていた。

それでも、私はすべてを忘れようとして酒を飲み、すべてから逃《のが》れようとして酒を飲んだ。そして、私は酒の力で屈辱に耐《た》え、酒の力で仕事に耐《た》えた。そんな労働に勤《いそ》しんだ長い歳月があり、それは自己疎外に陥《おちい》った長い歳月でもあった。そして私は酒の力を借《か》りて日々の労働に耐えながら、いつしか深々と酒に溺れ、酒に病《や》んでいった。知らず知らずの中《うち》に慢性のアルコール中毒になって、その狂気に何らの病識《びょうしき》も自覚も持たなかったのだ。

第三章　永遠への回帰

第一節　関金

酒と労働の日々の中で、私は世俗の塵《ちり》にまみれ、泥《どろ》に汚れて生きていた。そしていつしか雑踏《ざっとう》を通り抜けるように、六年の歳月を過ぎ越《こ》していた。そこにいたのは、自分自身を偽《いつわ》った仮初《かりそめ》の自分であり、また、それは自分自身を生き得《え》ていない悲しみの自分だった。そして、それは自らを信ずることのない不安《ふあん》な自分でもあった。ただ年月だけが何事もなかったように過《す》ぎていった。

そんなある日、私は片田舎の古びた喫茶店で、コーヒーを飲《の》んでいて、ふと目まいに襲《おそ》われて、テーブルにうつ伏していた。すると、頭の中が真っ茶色な粘土《ねんど》のようになって、そこから聞いたこともない音楽《おんがく》が聞こえてきた。私はこの不思議な幻覚《げんかく》に為《な》すすべもなかったが、近くにいた知人に助《たす》けられて、どうにか自分の家に辿《たど》り着いた。私はそんなことがあってから、自分の狂気に不安を感じ、本能的に世間から身を引《ひ》こうとした。私は自分自身を世間にあってはならない異物のように感じたのだ。

そんな折り、山村の小さな新聞販売店が、廃業《はいぎょう》したがっていることを聞いて、冒険だったが、それを買い取《と》ることにした。もっとも、そんなことができたのは、六年も勤《つと》め上げて、この業界にそれなりの信用ができていたからだった。義理《ぎり》の兄も資金を出してくれたし、本社との交渉《こうしょう》もうまくいった。そうして、私は四十歳で小さいながらも、自分の店を持《も》って、独立することができた。それによって、私はアルコール障害の不穏《ふおん》な狂気を、自分の中《うち》に秘め隠《かく》しながら、人知れぬ山奥に逃げ込んで、世間を欺《あざむ》くことに成功《せいこう》した。

私が新しく移り住んだのは、犬挟峠《いぬばさりとうげ》の麓《ふもと》から山あいの脇道に入ったところの一軒屋だった。山の中腹《ちゅうふく》の斜面をL字型に削《けず》ったところに建《た》てられた茅屋《ぼうおく》で、古《ふる》びていたが、大きくて、如何《いか》にもがっしりとしていた。その家は南向きで陽当たりもよく、その庭には涸《か》れた池の周《まわ》りに、名も知れぬ草花が一面に咲き誇っていた。私はこの草の庵《いおり》を得たことをどんなに喜んだことだろう。過去の疲れと傷心を癒《い》やし、孤独に安らぎたいという思いがついに叶《かな》ったのだ。何よりも人に使われる苦しみから解放《かいほう》されたのだ。そこは自分らしく悠々自適《ゆうゆうじてき》な終《つい》の棲家《すみか》になると思《おも》われた。

私は喜びのあまり快活になって、ここに彼女を招き入《い》れようと、六年越しの思いを込めて、結婚を申し込む手紙を書いた。待ちに待った願いがついに叶《かな》うかに思われた。しかし、意外《いがい》なことに、彼女は嘲《あざけ》るように皮肉に満ちた返事を送って寄《よ》こした。そこには男の心を踏みにじって喜ぶ女の悪意があった。私は騙《だま》されたことを感じて憂《うれ》いに沈んだ。もとより、六年の歳月《さいげつ》は彼女が待つには長すぎた。食べ物が喉《のど》を通《とお》らなかったが、それでも、一週間もかからずにもとの自分に帰っていた。なぜというに、私はもともと彼女を通《とお》して、青春の恋人を愛そうとしただけで、彼女そのものを愛《あい》していたのではなかったことに気が付いたからだった。それに彼女は私が不安な負《ま》け犬であり、何の力もない根なし草であることを、本能的に見抜《みぬ》いていた。彼女は私の絶望を共有《きょうゆう》するような女ではなかったのだ。幻想から醒《さ》めてみれば、彼女は粗《そ》暴で無知な女だった。そんな女にかかずらった自分が間違っていた。そして悲しみを振り払《はら》ってみれば、人里離れた山奥の、この一軒屋を得《え》て独立した喜《よろこ》びは、何ものにも代《か》えがたかった。私は気を取り直すと、もう一度、期待に胸を膨《ふく》らませて、森の隠者《いんじゃ》のような暮《く》らしに入《はい》っていった。

販売店を始めた頃は、まだ酒の力で難《なん》なくその激務をこなしていた。気分も晴れていたし、体もそれほど悪くなってはいなかった。しかし、三年を過《す》ぎる頃から、深まって行く孤独の酒は、いつしか薬から毒《どく》に変わり、体ばかりか知らぬ間《ま》に私の脳も蝕《むしば》んでいた。激しい抑鬱《よくうつ》症状が現《あら》われて、身も心も鉛《なまり》のように重《おも》く、仕事ができなくなっていった。ベルトコンベアーのように回転《かいてん》する日々の激務が、私を鬱病《びょう》にしたのだ。アル中にはよくあることだという。それは言い知れぬ闇《やみ》のような恐怖を伴《ともな》っていた。私は酒の力でそんな自分を乗《の》り切ろうとしたが、それはかえって深酒《ふかざけ》にはまっていくことだった。

そのころから謎《なぞ》のブラックアウトも始まっていた。それはバーンという衝撃《しょうげき》で、暗闇の中から目ざめてみると、前の日、酒を飲《の》んでから何をして、どうやって家に帰ったのか、まったく覚《おぼ》えがないという記憶喪失だった。そして、そんなブラックアウトばかりか、生《う》まれてからこの方の記憶のすべてが、戻《もど》ってこないという不思議な記憶喪失《そうしつ》も起こるようになっていた。思い出そうとしても錯乱した絵模様《えもよう》のような想念が現われては消えていくばかりだった。何も思い出せないので、仕事もできず、不安なままに、一日中、離《はな》れの片隅にうずくまっていた。幸《さいわ》いその日のうちに記憶が戻ってきたからよかったようなものの、それも私には不可解《ふかかい》な謎《なぞ》となった。

いつしか安《やす》らぎの酒は、飲んでいなければ、不安な酒に変わっていた。私は自分の周《まわ》りの世界に言い知れぬ恐怖を抱き、背中に取り憑《つ》いた恐怖に追い立てられるように、自分の家に逃げ帰って飲《の》むようになっていた。確かに、飲むことには、いっときのあのほっとするような安堵《あんど》があったが、そんな安らぎを求めて一杯の酒に手を出すと、せかされるように杯を重ねていた。そして、泥酔《でいすい》して意識が朦朧《もうろう》となってやっと安堵《あんど》するという、あのドロドロの酒飲《さけの》みになっていた。

四十代もなかばを過《す》ぎると、はっきりと体に酒の障害が出始めた。体が衰弱して、力仕事に苦しむようになっていた。ひどい高血圧で立《た》って歩くことができないこともあった。

それに心臓の痛《いた》みや不整脈も進行した。そんな体の不調に伴《ともな》って、酒に対するぼんやりした不安が生《う》まれ、ともかくも飲むまいと思って酒を断《た》った。そうして一ヶ月余り、自分が酒を止《や》められることを確認してから再飲酒（スリップ）した。しかし、不思議《ふしぎ》なことに、それを最後として二度と再び酒を止《と》めることができなくなった。私は止まらなくなった酒をいくらでも底無しに飲むようになっていった。

そのせいか、ひどく汗をかいて、寝床《ねどこ》がびしょ濡れになり、身を起こすと、耳にたまった汗の水が流《なが》れ落《お》ちた。そして、ひどい倦怠《けんたい》感が生じ、周《まわ》りの世界が銀色に光《ひか》ってまぶしかった。洗面器にいっぱい赤茶けた血を吐《は》いて、横になっていると、やってきた知人《ちじん》が、たのむから医者に行ってくれ、と言って財布《さいふ》を置いていった。せっかくの彼の情《なさ》けにほだされて医者に行ったが、医者は、私が酒を日に二升《にしょう》近くも飲むと言うと、冗談のように、劇《げき》症《しょう》肝炎の手前だと言って笑《わら》った。

点滴の治療を受けたが、じっとしていられなくて、暴《あば》れそうになるのをやっとの思《おも》いで我慢《がまん》した。そのまま病院に行かなくなったが、女医さんから電話があって、治療《ちりょう》を受けないとあなたは死ぬことになるだろう、病院の裏口《うらぐち》を開けておくから、時間外でも休日でも点滴《てんてき》を受けに来なさい、とのことだった。さして危機感をもったわけでもなかったが、せっかくの好意に背中を押《お》されて、日ごと病院に通《かよ》って点滴を受け、どうにか肝炎を治《なお》した。後々になって、自分が人の好意で生き延《の》びたことを思った。

それにしても、私はそんな自分に不気味な破滅を予感して、懸命《けんめい》に酒を止めようとしたが、不思議に酒は止まらなかった。肝臓《かんぞう》が弱って酒の量は半減《はんげん》したが、毎日の酒が、やがて朝からの酒となり、止《や》めようとして止められない酒を、少しずつ飲み続けた。今日を最後として止《や》めようと思いながら、いつまでも今日という日を、今という時を飲み続《つづ》けた。そしてなおも「止《や》めよう」と自分に言《い》い聞かせながら、飲み続けるのだった。

そんな私が、自分の新聞店を潰《つぶ》したのは、店を始めてから六年目のことだった。苛立《いらだ》ちによって、じっと立っていられなくなり、客と話《はな》すこともできなくなっていた。そんなふうで集金も遅《おく》れ、資金繰《しきんぐ》りがつかなくなっていた。無論、酒で身も心も衰弱《すいじゃく》してきたことが、そもそもの原因なのには違いなかった。私は仕事をする能力を失って本社の過酷な搾取《さくしゅ》に対応できなくなっていた。納金を怠《おこた》って数ケ月すると、本社は私の店の改廃《かいはい》を通告して、野蛮な牙を剥《む》いた。小指のないヤクザを送り込んで、私の店を管理したのだ。幸《さいわ》いなことに、ヤクザは末期の糖尿病を患《わずら》っていて、思いのほか乱暴なことはしなかった。実際、彼は集金した金を自分のものにするだけで、ほかの業務に手を出《だ》そうとはしなかった。それで仕方《しかた》なく私が業務《ぎょうむ》を続けた。そして、一年ほどして、やっと次の店主に引き継《つ》ぐと、店の仕事から身を引くことができた。

そうやって自分の販売店を潰《つぶ》してからは、業界の知人の店を手伝って糊口《ここう》を凌《しの》いだ。私は真剣さを失《うしな》って、さしてやる気もなく、何度も仕事を投げたが、不思議に仕事が舞《ま》い込んできた。そんな片手間《かたてま》の仕事を終えると、世捨て人のように、山の中の自分の家に、独《ひと》り閉じ籠《こ》もって酒に浸《ひた》った。

新聞店の経営の激務から解放された安堵《あんど》感もあって、静かな山の自然を眺《なが》めながら、独《ひと》り酔い痴《し》れて飽《あ》くことがなかった。家から谷間の風景を見下ろしていると、そこには風の通り道があって、風が波打つように山の木々を揺《ゆ》らして、一筋《ひとすじ》に通り抜けていくのが分かった。そんな自然の風物をぼんやりと見つめながら、私は失《うしな》った青春の仲間たちのことを思い、過去の傷口を舐《な》めるように、感傷に耽《ふけ》っては酒を飲んだ。時には、坐《ざ》したままそんなふうにして、ひと月余りも無為に過《す》ごしたこともあった。こんなことをしていては、いずれ破滅《はめつ》すると知りながら、酔い痴《し》れていくうちに、どうにでもなるという幻想に怖《こわ》さを忘《わす》れ、その日、その日を為《な》すすべもなく飲み過《す》ごして、破滅の流れに身を任《まか》せていった。

それでも、幸いなことに、私のことを心配した友人が、仕事に誘《さそ》ってくれた。そんなある日、仕事に出ていて、頭の上から圧《の》し掛かって来るような重圧に立っていられなくなり、車にすがりながらよろけるように家に逃《に》げ帰った。わなわなと身を震《ふる》わし、祈りながら酒を飲んで、気を失ってしまった。夢の中で恐怖の塊《かたまり》が、体の中をぐるぐる回り、それを捕《つか》まえて押さえ込むと、頭の髪をかきむしられるような感触がして夢から目覚《めざ》めた。そして、ふと気が付くと、辺《あた》りの物が浮き彫《ぼ》りのように、浮き上がって見えた。不審《ふしん》に思いながら、外に出て見ると、木々の枝葉が刃物のように迫《せま》ってきた。目を転ずると、道端に咲いた野の花が、燃えるように虚空《こくう》に浮かんで見えた。まるでゴッホの「糸杉《いとすぎ》」や「ひまわり」を見ているようだった。宋の蘇軾《そしょく》は、咲き乱れた野の花を見つめながら、忽然《こつぜん》として「永遠の今」を悟《さと》ったという。私はそれを狂気とも知らないで、時のない世界に浮《う》かんだ色鮮やかな花々に見《み》とれていた。これが三島の見たという燃えるような金閣《きんかく》寺の幻影（イデー）だったのだろうか。そんな狂《くる》おしさを秘めた不気味な静けさが私の世界に広《ひろ》がっていた。

そんなことがあってからしばらくして、私はふと春風に誘《さそ》われて、山陰の自宅から国道に出て、つま先上《あ》がりの坂道を登って行った。進むに連《つ》れて、家並みは次第に途切《とぎ》れがちになり、そして、道は人気《ひとけ》のない杉林の中を、犬挟峠《いぬばさりとうげ》に抜けていた。そこから山は急激にせり上がっていき、つづら折りに曲《ま》がりくねった峠道を登り詰めると、最後に視界が開けて、吉備《きび》作州の広々とした蒜山高原《ひるぜんこうげん》が現われた。高原の風は、どことなく神秘の吐息を秘めて、爽《さわ》やかに薫《かお》っていた。私はそんな吉備作州の狂おしく燃えるような自然に和して、茫然《ぼうぜん》として、いつまでも、その美しさに見惚《みと》れていた。

そんなある日、私は峠の麓《ふもと》の居酒屋で、ふとしたことから資産家のKと親しくなった。そして、誘《さそ》われるままに、二人して幾度となく、この峠《とうげ》を越えて、蒜《ひる》山《ぜん》高原や湯原湖畔の温泉街に遊ぶようになっていた。そして、Kと共に原始の幻想を追《お》って、吉備作州の史跡や遺跡を巡《めぐ》って回るようになった。方々の温泉旅館や時には海の民宿に泊《と》まって旅愁を共にし、酒を酌《く》み交《か》わした。そんな放浪の日々は、狂気の危《あや》うさを秘めていたものの、不思議に心の和《なご》む日々だった。Kの援助もあってさして生活に困《こま》ることもなく、適当にバイトもこなし、自然と読書に遊んで酒に安《やす》らっていた。その頃には、マリノフスキー、親鸞《しんらん》、西田幾太郎、そして、老荘思想に手を染《そ》めていたろうか。酒によって永遠の静けさに浸《ひた》り尽《つ》くして、恍惚《こうこつ》として我を忘れたようにして生《い》きていた。

そして、いつしかKと知り合って幾年《いくとせ》か流れ去り、そんな平穏《へいおん》な日々に終わりが訪《おとず》れた。Kは酒による肝硬変《かんこうへん》で血を吐いて死んでしまった。彼に死なれてからというもの、私はいよいよ孤独《こどく》になって酒を相手に日を送るようになっていった。そして、私がなおもKと共《とも》にいるような、酒のもたらす幻想《げんそう》を追い求《もと》めて、吉備作州をさ迷っているうちに、私の病気は我知《われし》らず進行して末期的になっていた。私はいつしか世俗《せぞく》からも、自分の生活からも疎遠《そえん》に浮き上がった狂人になっていたが、自分ではそれに気付いていなかった。

無限の静けさが酒によって得《え》たものであったかぎり、それは酒が切れることによって無限の苛立《いらだ》ちに変わった。私は飲んでいなければ、恐ろしい神経の緊張《きんちょう》（狂気）によって、じっとしていられないで、何にも手が付《つ》かなくなっていた。自分の家にさえもいたたまらないで、恐怖に追われるように辺《あた》りの山道をグルグルと回《まわ》って過ごしていた。そして、誰にも知られないところを求めて、広大な中国山地の奥《おく》へ奥へと分け入って、原生林のはざまで自然と一体《いったい》になって酒に浸った。

その頃には、私の住《す》んでいた山中《やまなか》の一軒屋《いっけんや》の周囲には、うず高く酒のビンとカンの山ができ、家の中は荒《あ》れ果てて、幽霊屋敷《やしき》と化していた。それればかりか、本当に幽霊《ゆうれい》を見るようになっていた。毎夜、箒《ほうき》を振り回しては、口裂け女と戦った。はたまた大きなサルが歩《ある》いているのを見たこともあれば、タヌキの群れが山を駆《か》け回っているのを見たこともあった。みんな幻覚だと言われたが、自分ではどうしてもそうは思《おも》えなかった。

そんな私の狂気に引かれてか、狐憑《きつねつ》きと言われた癲癇《てんかん》の少年が、私の家に遊びに来るようになっていた。彼は発作を起こすと、狼《おおかみ》のように歯をむき出し、四つん這《ば》いになって、飼い猫《ねこ》に襲い掛かった。そして猫を追い掛けて、家の中を走り回った。それはあまりにも異様《いよう》な光景だった。私はそんな狂った世界に生きていた。大家はそんな私を追《お》い出しにかかったが、私はすでにそれに対応《たいおう》する能力を持っていなかった。それでも、一年余りも掛《か》けてやっとバイト先の物置に引っ越した。私はそうして終《つい》の棲家《すみか》と思っていた住まいを追われ、亡霊《ぼうれい》のように、生活から浮き上がって生《い》きていた。

第二節　最後の放浪

そんなある日、私は勤め先の些細《ささい》なトラブルで、暴《あば》れ出しそうになった自分を抑《おさ》え切れずに、仕事場を飛び出すと、どこへともなく車を飛《と》ばしていた。そしていつの間《ま》にか、慣《な》れ親《した》しんだ山中の谷川のほとりに来ていた。そこには掘っ立て小屋があって、地蔵菩薩を祀《まつ》るほこらになっていた。もとはと言えば、行基《ぎょうき》の建てた僧房の跡という。そこには薄暗い杉木立《こだち》を縫《ぬ》って、冷たく湿った風が吹《ふ》いていた。私はこのほこらの側《そば》に車を止めてシートを倒すと、自分の興奮を鎮《しず》めようと酒を飲んだ。しかし飲めば飲むほど、興奮はいや増《ま》して、酒が止《と》まらなくなった。そしてそれが当てどのない放浪《ほうろう》の始まりとなった。勿論《もちろん》、バイトを投げ出して、さ迷《まよ》い出たからには、ボロ車一台あるきりで、アル中のホームレスなのには違《ちが》いなかった。

すでに酒の毒《どく》によって神経を冒《おか》され、どんな社会的行為であれ、それに耐《た》える力を失《うしな》っていた。どこにいても何をしていても、いたたまらず、世間を離れて、独《ひと》り山野にさ迷《まよ》い出ることに、何の抵抗《ていこう》もなかった。

その日から、私はこのほこらの脇《わき》に止めた車で、寝泊《ねと》まりするようになった。車の中は窮屈《きゅうくつ》で体を伸ばせなかったが、苦にはならなかった。夜が更《ふ》けると、この森閑《しんかん》とした山中《やまなか》の闇は深く、獣《けもの》たちの歩き回る気配が、耳について容易に寝つかれなかった。私の神経は研《と》ぎ澄《す》まされ、眠るためにはただ酒を飲むしかなかった。酒が切れて明け方近くまで眠れないと、仕方《しかた》なく、酒を求めて、霜《しも》で真っ白に凍った山道を下って関金宿《せきがねしゅく》に出た。そして、その街《まち》を走り回って、酒の販売機を捜すのだった。すぐに酒を手に入れた時はともかくも、売り切れで手に入らないと、酒の渇《かわ》きと苛立《いらだ》ちに苦しみながら、酒屋が開《あ》くまでの時間を堪《た》え凌《しの》がねばならなかった。

やがて雪起《ゆきお》こしと言われる雷《かみなり》が鳴るようになり、そして、昔からの言い伝《つた》えの通り、初雪が降《ふ》った。一週間ほどして根雪ができ、その上に新雪が積もっていった。そうなると、このほこらに通ずる崖沿《がけぞ》いの小道は、車では危《あぶ》なくて通れなくなった。動けなくなれば、食糧も酒も手に入《はい》らなくなる。何よりもガソリンが無《な》くなれば、凍死してしまう。仕方なく、私はほこらの傍《かたわ》らにいることを諦《あきら》めて、新しい居《い》場所を求めて奥大山《おくだいせん》をさ迷った。十センチばかりの新雪に覆《おお》われた森林地帯は、森閑《しんかん》としてどこまでも静まりかえっていたが、落ち着いていられる場所はどこにもなかった。私は闇《やみ》を背負って、背中に貼《は》り付いた恐怖の視線に追われて、転々と居場所《いばしょ》を変えていった。そして、ついに奥大山から県境《けんざかい》の犬挟峠《いぬばさりとうげ》を越えて蒜山《ひるぜん》高原に出ると、そこは身の丈《たけ》を超える雪原だった。蒜山三山《ひるぜんさんざん》の山裾《やますそ》に居場所を求めても見たが、そのまま車ごと吹き荒《すさ》ぶ雪に埋もれてしまうのは危険なことだった。結局、私は除雪された国道に沿《そ》った駐車場や採石《さいせき》場に車を止めて眠《ねむ》るようになった。

さ迷い出た幻覚と妄想の世界に白い雪が降りしきった。何処《どこ》からともなく人の歌声が、壊《こわ》れたレコードのように繰り返して聞こえ、そのうちピーという高音の耳鳴りがした。そして意味不明のひそひそ声が聞《き》こえてきた。そんな幻聴を逃《のが》れて眠ろうと、気を失うまで酒を飲《の》むしかなかった。

厳寒の真冬に向かって、雪は私が生きることを阻《はば》む脅威となって、私の前に立ちはだかっていた。夜が更《ふ》けると、静まりかえった山々はチリチリという音に包まれた。それは（あるいは自分の幻聴《げんちょう》だったのかも知れないが、）山々全体が凍《こお》りつく時の音のようにも、そこに生《い》きとし生けるものの恐怖の叫び声のようにも聞こえた。この地鳴《じな》りのような遠い響《ひび》きは、いつしか恐怖の波動となって私の体を戦《おのの》かせていた。

その頃から私の体は酒によって目に見えて衰弱《すいじゃく》していった。のみならず、持ち金が乏《とぼ》しくなって、あとはクレジットカードに頼るしかなくなった。そのうちそれもなくなれば、酒も食料も断《た》たれてしまうだろう。生きるすべを完全に失う時が近づいていた。私は焦《あせ》り始め、山を下りて、倉吉の街《まち》に行き、なりふりかまわず寝場所と職を捜したが、すべては虚《むな》しい徒労に終わるばかりだった。頼れるような知人を訪《たず》ねて回るが、取り合ってくれる者は、誰一人いなかった。私は一人の厄介《やっかい》な無頼のやからだったのだ。路頭に迷ったアル中を受《う》け容れてくれるところなどどこにもなかった。そして、私は自分の生《い》きるすべを見い出せないままに、また山に帰《かえ》っていくしかなかった。

ともかくも、酒を止めようと、幾度となく決心したが、酒を止《や》めようとする努力は、虚《むな》しい挫折に終わるばかりだった。それでも自分の意志で酒を止《や》められると信じながら、止めることができないで、いつしか疲れ果《は》て、やはり飲《の》み続けるしかなかった。意志の力で欲求を抑《おさ》え込もうとするのだが、肉体は意志に反して飲んでしまう。拳《こぶし》を固め、歯を食い縛《しば》って、耐え続けて三時間もすると、力が尽きた。留《と》めていた息を吐《つ》き出すと、もう何も考えずに飲んでいた。一口飲んだが最後、次の瞬間には、あおるように飲み続けていた。止《や》めようとする意志の力は、麻痺《まひ》したように萎《な》えて、不思議に利《き》かなかった。そしていつしか酔い痴《し》れて、気を失《うしな》っていた。止《や》めようとすればするほど、飲んでしまう、そんな中毒症状《しょうじょう》を自分ではどうすることもできなかった。そして失敗《しっぱい》すると分《わ》かっていながら、また始めから同じ徒労を繰《く》り返すのだった。どれほどそんな徒労を繰《く》り返したことだろう。

体はすでに食べ物を受《う》け付けず、酒ばかりを受け付けた。そしてついには酒と共に赤茶けた胃液を吐《は》くようになり、吐いては飲み、飲んでは吐き、苦《にが》くて冷たい酒を呷《あお》り続けた。

頬《ほほ》が冷たいことに気がついて車のミラーに映って見ると、そこには獣《けだもの》の仮面を付《つ》けたような自分の蒼《あお》ざめた顔があった。私は自分が自分でなくなっていく不気味《ぶきみ》さに、言い様《よう》のない嫌悪と不安を感じないではいられなかった。私は追い詰《つ》められ、逃げ場を求めて病院や役所に電話を掛《か》けてもみたが、冷たく突き放されるか、たらい回しにされて、怒鳴《どな》り返されるばかりだった。とどのつまり、試みのすべてが虚しい挫折《ざせつ》に終わり、灰色の絶望に胸を塞《ふさ》がれていった。

私の心は自己嫌悪と欲求不満で歪《ゆが》み、それが自己破壊の衝動と狂気に変《か》わっていった。末期症状の私は酒に対するコントロールを完全に失《うしな》い、落ち着いた平常心も正気も失って、生《い》きることがどうにもならなくなっていた。そこには生きていく地平から追い落とされて、谷底に佇《たたず》んだ自分がいた。生きるべき世界が、遥《はる》か山の彼方《かなた》に退《しりぞ》いて、もはやそこに這《は》い上がることはできないように思われた。その時、「死のう」という言葉が私の心に浮《う》かんだ。それは自分でも意外《いがい》な言葉だった。私の心に沈黙の時が流れ、もう一度、本当《ほんとう》に死ぬしかないのか、と自分に問い直《なお》してみて、答えに窮しながら、死ぬしかない、と答えた自分がいた。永遠の安《やす》らぎの世界が、遠い幻のような緑の花園として現われ、私を誘《いざな》っていた。私は工事現場から黄色いロープを拾《ひろ》って来ると、死に場所を求めて動き出した。死ぬのであれば、人知《ひとし》れぬところでなければならなかった。人目《ひとめ》の届《とど》かない谷底に手頃な松の木を見つけて、降《ふ》り積もった雪の中に身を乗り入れていった。しかし一メートルを超える雪に阻《はば》まれて行き着くことはできなかった。雪に覆《おお》われた山道を降りる試みに失敗し、体力と気力を使い果たし、よろよろになって死ぬことを諦《あきら》めた。そしてまた山を下りて、生きるすべを捜《さが》して回ったが、やはりそれにも失敗してまた山に上《あ》がった。

そんなふうに、私は死を求めてさ迷いながら、死にきれないままに山陰《さんいん》の冬を過ぎ越していった。そしていつしか春の日射《ひざ》しが野山に降り注いでいた。春霞《はるがすみ》に煙った空を雲雀《ひばり》が天翔《あまか》けり、雪解けのザラメの残雪が、日ごとに山影に収縮して小《ち》さくなっていった。通行止《つうこうど》めの間道は、ところどころ崖崩《がけくず》れで削り取られ、そこかしこに雪の重みで折れた杉の大木が道を塞《ふさ》いでいた。私はそんな山道を通り抜けて、陽の当たる広場の草むらに車を止《と》めて、疲れた体を休めようとした。車のドアを開けると、枯草の下から新しい命が芽吹《めぶ》いていた。のみならず、すでに名も知れぬ小さな花も咲《さ》いていた。私は車のシートを倒して体を横《よこ》たえたが、痛くてじっとしていられなかった。飲むだけ飲んで雪の中で眠ったなら、あるいは楽《らく》に死ねたのかもしれなかった（実際、アル中は飲んで気を失って、意識が戻《もど》らないままに死んでいくのだ）。しかし、この時の私は、すでに内臓が弱っていて、死に至るほどには、臓腑《ぞうふ》が酒を受け付けなかった。飲み過ぎれば吐《は》いてしまうのだった。それに長いこと、車のシートで不自然な恰好《かっこう》でい続けていたために、飲んで寝ようにも、体の節々が痛《いた》くて眠れなかった。飲んで意識を失っても、すぐに意識が戻《もど》ってくる時のバーンという幻音に叩《たた》き起こされた（私はそうやって死ななかったが、それと知らずに死線をさ迷《まよ》っていたのだ）。

そして、眠るのを諦《あきら》めて、立ち上《あ》がろうとすると、目くるめいて倒《たお》れそうになった。私は一週間ののちに、自分が生きているとは思わなかった。死は安らぎのはずだったが、その時の私には、死に切れずに足掻《あが》き苦しむ自分が思われた。その前に何とか楽《らく》に死にたかった。だが、どうやって、……。様々《さまざま》の惨《むご》たらしく、おぞましい死に様《ざま》が脳裡に浮かんでは消えていった。その苦しみをわが身に引き受《う》けることができるのか。私は死の恐怖にたじろいでいた。そして、本当に死《し》んでいいのかと、改めて自分に問い直《なお》して、答えられないままに虚《うつ》ろな時を過ごし、最後の決断を渋っていた。考え続け、迷《まよ》い続けて、どれほどの時を過《す》ごしたろうか。気が付くと、いつしか体の節々の痛《いた》みで、いても立ってもいられず、落《お》ち着いて考えることもできなくなっていた。せめてゆっくりと落ち着いて考えることのできる場所と時間が欲《ほ》しかった。私はただそれだけのためにも、この場《ば》から逃《のが》れたいと思《おも》った。

しかし、どうやって……。私はふとただ独《ひと》りの肉親の姉に助《たす》けを求めることを思いついて、手紙を書《か》いた。それには、アル中になったこと、ホームレスになったこと、野《の》たれ死ぬだろうこと、助けて欲《ほ》しいこと、……と、心に浮《う》かぶままを書いた。私は書きながら自分でも自分の書いていることが信《しん》じられなかった。私はこれまで何があっても自分の力で生《い》きてきた。そのプライドを捨《す》てるのだろうか。心がトゲ刺《さ》されるように痛かった。私は自分で自分を疑い、手紙を投函《とうかん》するのをためらって、三日待つことにした。そして、私は三日待《ま》って自分の気持ちの変わらないことを確《たし》かめると、何も考えずにその手紙を投函《とうかん》した。私はその時、自分がすべてを失って、まったく無力になったことを感《かん》じた。自分が独立した人間のプライドを捨《す》てて、生き残ろうとする最低《さいてい》の人間であることを受け入《い》れたのだ。

しばらくして、姉は私の携帯《けいたい》に電話を掛けてきた。姉の声は意外にも優《やさ》しかった。姉の返事は、大阪のカトリックのアル中の施設に行《い》かないか、というものだった。私は青春の私が教会を去っていく時、死ぬ時には教会に帰《かえ》ろうと決めていたことを思い出した。三十四年後《ご》の今、死のうとしている今が、その時だと思った。すべてが不思議な巡り逢《あ》わせのようにも、自分を超えた運命の導《みちび》きのようにも思《おも》われた。それで私は大阪のカトリックの施設に行く気になった。少《すく》なくとも、そこにひとまずは身《み》を休める場所ができるだろう。死ぬか生きるか、そこで考えて決《き》めればいいと思った。そして、私は不安な行く末に思いを馳《は》せながら、曇天《どんてん》の空を仰《あお》いだのだった。

第三節　大阪

ほどなくして私は住み慣れた倉吉から大阪に向かって旅立った。途中《とちゅう》、山陰の鄙《ひな》びた漁村で助けに来た姉と落ち合い、義兄の実家《じっか》に一泊した。姉は私をこれからアル中の施設に入れる弟として家人に紹介《しょうかい》した。彼女は何事でもないように淡々《たんたん》と話していたが、私を見る家人の目は、驚《おどろ》きと恐れで冷たく光っていた。私は自分が護送《ごそう》されていく狂人であることに、言いようのない羞恥《しゅうち》を覚えて、一言も言葉を発《はっ》することができなかった。

夜明け前、眠られぬままに家を抜け出すと、酒を求めて薄暗い街《まち》をさ迷った。山際《やまぎわ》の駅前に酒の販売機を見つけて酒を手に入れると、駅舎のコンクリートの石段に坐《すわ》り込んでそれを飲んだ。そこからは不気味《ぶきみ》なほどに凪《な》いだ夜の海が見下ろせた。夜明け前の入り江《いえ》は、月明かりを映《うつ》して、闇の中にほのかに白く浮かび上がり、その遥《はる》か沖には漁火《いさりび》の帯が、冷たい銀河のように横たわっていた。これで山陰《さんいん》の海ともお別れか、と思うと、さすがに寂《さび》しさで胸を塞《ふさ》がれた。一度は終《つい》の棲家《すみか》と定めたところから、去って行《い》かねばならなくなるとは、思《おも》いもしなかった。

やがて、夜が明けて追い付いて来た姉と、そこから鳥取を経由して、因美線《いんび》で大阪に向《む》かった。線路沿いの古さびた風景が左右に流れ去っていく中を、列車は気忙《きぜわ》しげな騒音を轟《とどろ》かせながらひた走った。煤《すす》けて色褪《いろあ》せたトンネルを幾《いく》つか走り抜けて、見知らぬ異国《いこく》の地、大阪に着いたのは、その日の正午過ぎだった。田舎《いなか》暮らしの久しかった私には、大阪の雑踏《ざっとう》は未開人の見る文明社会なのには違いなかった。そして、やっと辿《たど》り着いた施設は、貧しい木造の長屋で、古びて妙に狭苦《せまくる》しかった。私はそこに足を踏み入れたのを最後に酒を断《た》たれ、鉄格子のない収容生活に入《はい》っていった。

それでも、忍び寄る飲酒欲求を感じながら、ここに入《はい》ったら、もう酒は飲めない、と思うと、今更《いまさら》の如《ごと》く動揺《どうよう》した。ここを飛《と》び出して最後の一杯を飲みたい衝動に駆られたが、もはやそれも叶《かな》わなかった。酒のない人生などありえないと思って、逃げ場を捜《さが》したが、もはや何も変えられなかった。諦《あきら》めて、忍び寄る禁断症状の恐怖に刻《こく》一刻と耐《た》え忍《しの》ぶしかなかった。しかし、そうやって田舎《いなか》を捨て、自分を捨て、施設にすべてを委《ゆだ》ねたところから、不思議に酒は止まった。自分の力ではできなかったことが、自分を捨《す》て去ることによってできた。私はそこに自分を超《こ》えた力に救われたことを感じないわけにはいかなかった。もっともそれは長い収容生活の始《はじ》まりでしかなかった。酒を止めたあとの長くて苦しい禁断《きんだん》症状の日々が待っていた。

酒を断って間もない頃《ころ》には、飲んでいた頃のことを思い出そうとしても、霧に浮かんだ幻を見るようで、ひどく覚束《おぼつか》なかった。のみならず、現実の感覚そのものが、ひどく覚束《おぼつか》なかった。断酒の始まった一日目の夜、相部屋で布団《ふとん》に入った私は、不気味な暗闇《くらやみ》の底に沈んでいく自分を感じ続けていた。眠れなかった一夜が明《あ》けて、我知らずまどろんでいたが、目ざめて、自分の周囲が異質《いしつ》な世界に思われた。酒を断った私に夢とも現《うつつ》とも知れない不思議な世界が訪《おとず》れていた。酔っているような夢幻《むげん》の世界と、嘘《うそ》も隠しもない正気の世界が、不思議に重《かさ》なり合って一つになっていた。そこには恐《おそ》ろしい不安のただ中に存在《そんざい》している自分がいた。

そんな私に突きつけられた最初の困惑《こんわく》は、自分がアル中であることを認めなければならないとされたことだった。私はそれを酒飲《さけの》みという意味では認めていたが、狂人という意味では認《みと》めていなかった。もし自分が狂人であることを認《みと》めるならば、私の過去の記憶はすべて狂人の妄想《もうそう》だったことになる。そうしたら私は私でなくなってしまうではないか。そんなことができようはずがないではないか。しかしそんな戸惑《とまど》いの中で考えあぐねていた私に、ふとある記憶がよみがえってきた。それは私が或《あ》る人をヤクザと思い込んで、車で轢《ひ》き殺そうとしたことだった。その記憶は私の人生の謎《なぞ》として私の脳裡《のうり》の奥底に眠っていた。幸《さいわ》いにもその人は私の車から逃げおおせて事件には至《いた》らなかった。しかし知らない人をヤクザと思い込《こ》んで、殺《あや》めようとしたのだから、それは幻覚妄想なのには違《ちが》いなかった。その時の私は、そんな自分に気が付《つ》いて、なぜ自分がそんなことをしたのか、冷や汗を滴《したた》らせながら考えたが、どうしても自分の狂《くる》っていることを認めることができなかった。そうして私はその謎《なぞ》のような記憶《きおく》を意識の奥底《おくそこ》に押し隠《かく》してしまった。

しかし、今やそれがアル中という病気の幻覚妄想《もうそう》のせいであり、それが病気の症状《しょうじょう》だったとすれば、辻褄《つじつま》が合うのだった。それで私は長い逡巡《しゅんじゅん》の末に、自分がアル中の狂人であることを認める決断を下《くだ》した。意外にもそれは私にある安堵《あんど》をもたらした。あるがままの自分を認《みと》めることには、爽やかな落《お》ち着きがあった。何よりも自分の人生の謎《なぞ》が解《と》き明かされたことを喜んだ。

そんなふうに自分が病気であったと認めたことは、私にある覚醒《かくせい》をもたらした。私はこの病気の故《ゆえ》に生きることとすべてに対して無力だった。無力《むりょく》であるにもかかわらず、自分の有力を信じて戦《たたか》い敗《やぶ》れてきた。そしてそれでもなお無力を認《みと》めようとはしないことによって苦《くる》しんできた。しかし、自分の病気であったことを受け容れて、その無力《むりょく》を自分の前提として受け容れてしまえば、どうにもならなくなった自分の人生も、仕方《しかた》のない病気の仕業《しわざ》だったことになる。そのように自分の過去を病気の症状《しょうじょう》として理解するならば、自分で自分を納得《なっとく》することもできれば、そんな自分を自分で許《ゆる》すこともできる、そう考えれば、尽《つ》きることのない私の苦しみも解消《かいしょう》してしまうのには違いなかった。

そんなふうに思うようになってから、私は自分が世《よ》の中のありとあらゆる罪を病気のゆえに犯《おか》してきたことを、今更《いまさら》のように認めるようになった。意識下に眠っていた罪の記憶が、次々に浮《う》かんでは消えていった。

――自分を轢《ひ》き殺そうとした車を、谷底に突き落とそうと、煽《あお》り運転したこともあった。酔って居眠り運転をして、人の車に激突《げきとつ》したこともあった。会社のパソコンを盗《ぬす》んだこともあった。平常心を失って、株の相場に踊らされたこともあった。あまつさえ、泥酔から目覚めると、見知らぬ女と寝《ね》ていたこともあった。それらはすべて狂った自分が犯してきたことには違《ちが》いなかった。自分は罪の塊《かたまり》だった、罪など何も犯してこなかった、と思ってきた自分が間違《まちが》っていた。

そして、また自分の生き方のすべてが病的《びょうてき》だった、と思うようになった。自分が世捨《よす》て人となって山中《やまなか》の一軒家に籠《こ》もったことも、自分の店を破産させたことも、母を捨てたことも、そして、風雪の山野をさ迷《まよ》ったことも、すべては病気の症状《しょうじょう》だったのだ。

ともあれ、私は人生の大半を酒を飲んで過ごしてきた。それは狂気から逃《のが》れるためであったが、飲むこと自体がまた狂気《きょうき》をもたらしていた。無論、私は自分が狂《くる》っていたとしても、自分が正気であるとしか思《おも》って来なかった。けれども、この狂気を認《みと》めてしまえば、すべての記憶が霧の中を漂《ただよ》うような幻《まぼろし》であっていいのであり、すべての罪悪《ざいあく》が現実から浮き上がったような悪夢《あくむ》であっていいのだ。そして、飲まないでいれば、この立ち込めた霧《きり》の中から、本当の世界が現《あら》われてくるのだ。

もっとも、現われてきた正気《しょうき》の世界は、意外なことに、戦《おのの》くような恐《おそ》れを秘めていた。そこで私は自分が幼い頃から社会に対して恐《おそ》れを抱《いだ》いていたことに気付かされた。恐らくは、いつでも私に取り憑《つ》いて離れなかった孤独《こどく》が、社会に対する恐れとなって現《あら》われていた。そこで私は自分がこの恐れから逃《のが》れ、この恐れを消《け》し去るために、酒を飲んできたことを理解した。酒は私を麻痺《まひ》させることによって、かろうじて自分を生き永《なが》らえさせてきた。だが、麻痺させればさせるほど、恐れはいつしかさらに激《はげ》しい孤独となり、狂気となって私を飲み込んでいった。そして、私はこの恐れに駆《か》り立てられて、さらなる酒を飲んできた。そして、中毒の成《な》れの果てに、吹雪《ふぶき》の荒野をさ迷い、死の危機に瀕《ひん》していった自分がいた。そんな自分が助けられ、カトリックの施設に身を任《まか》せて救われていった。そこには、確かに、自分を回《まわ》し向けていった不可思議な力があった。私はそれに抗《あらが》いながらも巻き込まれ、その力に自らを委ねることによって助《たす》かることができた。私は自《みずか》らの無力（病気）を認め、自分の死を受け容れて、なおも生きようとしたところから、永遠的なものへと回《まわ》し向けられ、永遠的なものと一つになって生《い》かされてきたのだ。

つまるところ、飲酒は私が生きることに対して無力であることを、否定《ひてい》しようとしたことを表《あら》わしていた。生きようとして有力であろうとすればするほど、足掻《あが》き苦しみ、そして飲んできた。そしてなおも、私が酒に対して無力《むりょく》であるにもかかわらず、酒に対して有力であろうとしたことが、飲《の》むということだった。だから、また酒を止《や》めようとすればするほど（有力であろうとすればするほど）、飲《の》んできた。アル中はそういう異常心理《しんり》をもたらす病気だった。そうであれば、酒に対《たい》して、生きることに対して、無力であろうとすることこそが、飲まないで生《い》きることだった。

なぜなら、人は自らの無力を認めること（その死を受《う》け容れてなおも、生きようとすること）によって、永遠的なものを信《しん》じ、それへと行動して委《ゆだ》ねることができるからであり、そしてその中で飲酒の欲求をも浄化《じょうか》することができるからだった。

そうであれば、いっそのこと、私は自分が生《う》まれながらにして、一切《いっさい》に対して無力であったこと（この社会に生きていく能力のなかったこと）を認《みと》めようと思った。自分の酒の苦しみばかりか、飲む以前のあらゆる苦《くる》しみも解消することができるだろう。そうすれば、すべては自分が無力《むりょく》であるにもかかわらず、自分の無力を認《みと》めようとしなかったこと（有力であろうとしたこと）の仕業《しわざ》だったのだ。

だから、自分自身（無力もしくは絶望《ぜつぼう》）であることを認《みと》めてしまえば、自分自身から逃《のが》れ出ようとして苦しむ代わりに、自分自身でありきることを通して、自分らしい生き方ができるだろう。そして、有力《ゆうりょく》であろうとすることを捨てて、無力（あるがまま）に成《な》りきって、生かされるところから生《い》きていくならば、自分らしい生《い》き方ができるだろう。

振り返ってみれば、私は自己自身（無力）から浮《う》き上がり、自分自身から疎外《そがい》された生き方をしてきた。私は社会から疎外されて死に至ることから逃げようとすることによって、自分自身（無力）から疎外《そがい》され、自分自身であり得《え》ない苦渋《くじゅう》と屈折の中に生きてきた。そうであれば、それとは逆に、自己自身（無力《むりょく》）でありきることによって、自分らしく、安らかな生き方に帰《かえ》ることができるだろう（たとえ、それが戦《たたか》いを意味しようとも）。なぜというに、自己自身（無力）であろうとすること（死を受《う》け容れてなおも、生きようとすること）によって、永遠《えいえん》的なものを信じ、それへと行動して委ねること（そしてそれによって永遠《えいえん》的なものとしてよみがえること）ができるだろうからである。

そう思うようになって、私はふとそれまで闇に閉《と》ざされていたはずの私の世界が、光《ひかり》の中にあることに気付かされた。そして、かつての苦しみの無力（絶望）が、今や安《やす》らぎの無力（絶望）に変わっていることに気付かされた。そして、我に返《かえ》った私は、失われたはずの自己を、取り戻《もど》している自分に気付かされた。あたかも、自らを与《あた》えることによって、自らを与《あた》えられるように、自らの死を受《う》け容れることによって、自らの命を与えられ、自らを委《ゆだ》ねることによって、自らを得《え》ることができたのだ。

第四節　阿倍野

そんな思いに誘《いざな》われていった私が、施設の仲間たちと連《つ》れ立って、教会のミサに行ったのは、施設に収容された年のクリスマスのことだった。酒を断《た》ってまだ八ケ月余りのことで、ミサの間中《あいだじゅう》、ふらつく体を祈りの台に手を掛けて、支《ささ》えていなければならなかった。それでも、三十余年ぶりに、信者の集《つど》いの中にいて、皆と聖歌を唱和《しょうわ》しながら、よみがえってくる思い出にいつしか涙《なみだ》ぐんでいた。子供の日に、母に手を引かれて歩んだ教会への小道《こみち》、青春の日に登った教会の鐘楼、私を愛してくれた老シスター、……が、走馬灯《そうまとう》のように朧《おぼろ》に思い出《だ》されては消えていった。そんなふうに教会の人たちに受《う》け容れられながら、教会を去《さ》ってあまりに久《ひさ》しい歳月《としつき》が流れ去っていた。

それにしても、つい先日まで山陰の雪原をさ迷《まよ》って、死ぬばかりとなっていた自分が、今またどういう風の吹き回《まわ》しで、大阪の教会にいて、聖歌を唱和しているのか。自分が今、ここに、生《い》かされ、あらしめられていることが、不思議と言えば、これほど不思議《ふしぎ》なことはなかった。

　しかし私は十代の青春の日にこれと同じようなことを経験《けいけん》してもいた。十七歳の私はいっさいに対して、絶望《ぜつぼう》的に自分自身であろうとして半年余り、アパートの一室に閉じ籠《こ》もって、精神を病んで死ぬばかりとなっていた。そしてキリスト教に帰依《きえ》して救われた。それから三十余年の歳月を経《へ》て、私はアル中となり、再び精神を病んで、風雪の山野をさ迷《まよ》い、死ぬばかりとなっていた。そしてキリスト教の施設に身を委《ゆだ》ねて救われた。私は自己自身（疎外されてありきること）（死への関《かか》わり）によって、永遠的なものへと回《まわ》し向けられてきた。恐《おそ》らくは、私が自分の無力（絶望）を受《う》け容れて行動し、自分を超えた永遠的な力に自分を委《ゆだ》ねたことによって救われた。そうして、改《あらた》めて自分自身であらしめられたことによって、永遠《えいえん》的なものと一体になるという恍惚《こうこつ》を、再び経験《けいけん》することになった。

　施設で受けた治療と云《い》えば、ひたすら繰り返されたミーティングだった。それは、もともとキリスト教の復興《ふっこう》運動（いわゆるオックスフォード運動）に由来《ゆらい》するもので、仲間たちと家庭的な集《つど》いを開いて、自分たちの罪を告白し合い、霊《れい》的な体験を語り合うことだった。そうした活動によって精神を病む者が癒《いや》されたことから、病《や》める者のミーティング運動《うんどう》となって今に至っていた。そこで使《つか》われたテキストには、確かに聖職者の手を介して、青春のキルケゴールが潜《ひそ》んでいた。キルケゴールの実存《じつぞん》思想──絶望という「死に至る病」を通して、自《みずか》らを永遠的なものへと回《まわ》し向けられ、救われていくという思想は、アルコール中毒者がアル中という「死に至る病」を通《とお》して、自らを永遠的なものへと回《まわ》し向けられ、回復していくという思想となり、このミーティング運動の原理《げんり》となっていた。

青春のキルケゴールは懐《なつ》かしかった。私は老いてアル中という病《やまい》を患《わずら》うことによって、青春の原理に再び遭遇《そうぐう》するという、不思議な巡り逢《あ》わせに驚きながら、自分のアル中を癒《いや》すことを通して、病んだ人生をも癒《いや》すチャンスを与えられたことを喜《よろこ》んだ。

ミーティングは日に三度、休むことなく繰《く》り返された。私はそこで自分の罪や絶望や屈辱の数々を告白し続けた。激しい羞恥《しゅうち》に抗して、告白することには爽《さわ》やかさがあった。そこでは悲しみも苦しみも同病《どうびょう》の仲間たちと共有し合うことによって、喜びに変《か》わった。罪や絶望を告白することは、それらを仲間たちに委ねることによって、恐れと戦《おのの》きの根源を浄化《じょうか》し、それによって飲酒欲求を手放すという意味を持《も》っていた。

そこで使《つか》われたステップと呼ばれる回復のプログラムは、無力（病気）を認めることを原理《げんり》としていた。自分の無力（絶望）を認めることが、自分を超《こ》える力（永遠的な力）を受《う》け容れること（信仰）と一体であり、またそれが（永遠へと）行動して委《ゆだ》ねること（実存）と一体である。そして、それが反省することにも、告白することにも、贖罪《しょくざい》することにも、祈ることにも、さらには、人を愛《あい》することにも現われていくだろう。無論《むろん》、それらはすべて無力（絶望）を認めること、すなわち、死を受け容れてなおも、生《い》きようとすること（信仰ないし実存）に還元される。そしてそれが絶望《ぜつぼう》の人生を矯正《きょうせい》することにも、またそれが無力（絶望）を否認《ひにん》する病気（アル中）を治《なお》すことにもなるだろう。なぜなら、生《い》きることに対して、酒に対して、無力を認《みと》めないこと（有力《ゆうりょく》であろうとすること）が、絶望《ぜつぼう》の人生であり、また酒を飲むことであるかぎり、無力を認めること（死を受《う》け容れてなおも、生きようとすること）が、苦しみの人生を解消し、飲まないで生《い》きることになるからである。

私はそんな回復のプログラムを、来《く》る日も来る日も、七年ほど、修道院の施設で繰《く》り返したろうか。ふと自分の罪悪感の根源に、父に対《たい》するエディックス・コンプレックスがあることに気が付いた。私が父をひどく嫌《きら》っていたのは（自分の自己嫌悪《けんお》がそんな形を取って現われたからなのには違いなかったが、）父が強《し》いて子供だった私を無理やり学校に行かせたからだった。しかし、そうであれば、私は考え違《ちが》いをしていたことも確かなことだった。子供を学校に行《い》かせて、世《よ》に出そうとするのは当然な親心だった。そうであれば、父に対する私の恨《うら》みは、子供の私の逆恨《さかうら》みだったことになる。私は今更《いまさら》のごとく、私のために苦《くる》しんだ父のことを思い返して罪の意識を募《つの》らせた。

けだし、父の人生は辛《つら》いものだったのには違いなかった。農家の次男坊として生まれ、兄弟が都会に出払ったあと、一度は、家を継《つ》いで農業に勤《いそ》しんだというが、破産して帰ってきた兄に家督を譲《ゆず》り、自分は大阪に出て、醤油《しょうゆ》屋に奉公したという。やっとそこに落ち着いた頃、戦争に駆《か》り出され、中国大陸を転戦したという。無論、父は戦争の体験を語《かた》ろうとはしなかった。語れるような思い出はなかったのだ。やがて戦争が終《お》わって引き揚げてみると、大阪は焼《や》け野原《のはら》だったという。

父は故郷に帰って、ささやかな仕合《しあわ》せを求めて所帯をもった。そして、一家を養《やしな》うために、醤油《しょうゆ》の行商を生業《なりわい》とする生活に入っていった。しかし、自転車で醤油樽《だる》を運《はこ》びながら行商して回る仕事は、重労働であり、実入《みい》りは少なく、生活は貧《まず》しかった。父はその重労働に甘んじて、汗と塵《ちり》にまみれて働いていた。そのみすぼらしさに対する世間の侮蔑の視線を浴びながら、頑《かたく》なに仕事の苦痛に耐えていた。まるで苦しむために所帯《しょたい》をもったようなものだった。そんな父の重苦しい沈黙と不機嫌《きげん》は、子供の私にはただ恐《おそ》ろしいものだった。子供の私は父の惨《みじ》めさを受け容れることができなかった。のみならず、世人《せじん》に対して見苦しいまでに卑《いや》しい父の作り笑いを受《う》け容れることができなかった。私はそんな父の惨めさと卑しさを恥じて、父を拒《こば》み、父から逃《のが》れようとした。

父は鈍重で不器用《ぶきよう》で社会的不能者だった。そして、私もまた父の形質を受け継《つ》いで、社会から疎外されて落伍《らくご》する運命を担《にな》っていた。しかし父は二十年にわたる血と汗《あせ》の犠牲を、息子《むすこ》のために費《つい》やしながら、それが水泡《すいほう》に帰《き》していくことに堪《た》えなかった。父は社会的な落伍者となっていく私に怒り狂《くる》った。父は私に対しては暴君《ぼうくん》だったのだ。そしていつしか重労働に打ちひしがれた父の体は、年《とし》と共に衰《おとろ》えて、天罰でも受けたように、ついには肉腫《にくしゅ》という業病《ごうびょう》に取り憑《つ》かれていった。そして父は長い闘病生活の末に化《ば》け物のようになって、悶《もだ》え苦しみながら死《し》んでいった。恐ろしいまでに悲しい一生《いっしょう》だった。

私は自分がそんな父を憎みながら、父の血と汗の屈辱によって、養《やしな》われて育ったことに、激しい罪の意識を懐《いだ》いてきた。それは私には償《つぐな》いようのない罪だった。この負《ひ》け目があったからこそ、青春に於《お》いて、体制に反抗して激しく戦《たたか》いもした。それは、ひとえに私が父に代わって為す体制に対する恨《うら》みと憎しみの表現だった。そうしてのみ私と父とは一体《いったい》になれたのだ。私はよみがえってくるそんな記憶に苛《さいな》まれた折《お》りに、その鬱屈《うっくつ》した気持ちを振り払おうと、父母の墓参《はかまい》りに行くことを思い付いた。無論《むろん》、そんな形だけのことですむことではなかったが、形《かたち》だけでもそうしてみたかった。私はやがて紀伊《きい》田辺の姉夫妻を訪れ、謝《あやま》ってすむことではないが、謝りたいと思って来たと言って、自分の不義理を詫《わ》びた。義兄はそんな私を快《こころよ》く受《う》け容れて、父母の墓参《はかまい》りを許《ゆる》してくれた。

父母の眠る教会の納骨堂は、海岸から少しく高まった丘《おか》の上にあって、そこからは春浅い海を見渡せた。鉛色《なまりいろ》の曇天《どんてん》を映《うつ》した海はどことなく寂《さび》しく、遥《はる》か彼方には蜃気楼《しんきろう》のように朧《おぼろ》な船影を見ることができた。海原《うなばら》を渡る春の潮風は冷たく、私はしばらく寒さに身を震《ふる》わしていたが、わずかでも罪の償《つぐな》いの真似事《まねごと》をして、ホッとした思いを温《あたた》めながら帰途に就《つ》いていた。そしてその日の夜遅くには、住み慣れた大阪のいつもながらの雑踏を抜《ぬ》けて、下町の自分の住《す》み家《か》に辿《たど》り着いていた。

その頃の私の生活と言えば、なかば施設にいながら、施設の外に四畳半の寝場所と四時間の仕事場を与《あた》えられていた。施設の外の仕事と言えば、障害《しょうがい》者の社会復帰の訓練のための清掃作業で、相変《あいか》わらずの肉体労働だった。そこの仲間たちと言えば、大概《たいがい》が統合失調症か自閉症の若者たちだった。概《がい》して皆が社会から疎外され、内向して、不安を秘《ひ》めていた。のみならず記憶障害に苦しんでいた。その社会不信と自己不信は、あまりにも私の青春《せいしゅん》のそれによく似《に》ていた。私はそこで自分がもともと統合失調症を病《や》んでいたことに気付《きづ》かされた。私の青春の挫折《ざせつ》はこの病気の症状だったのだ。私はこの病によって一切《いっさい》に対して無力だった。それにもかかわらず、己《おのれ》の有力《ゆうりょく》を信じて行動しては挫折《ざせつ》し、その絶望《ぜつぼう》を否認しようとして、さらなる絶望に陥《おちい》ってきた。そしてそれを受け容れられず、それに抗《あらが》い、苦しんできた。しかし一切《いっさい》に対する自分の無力を受《う》け容れて、そういう自分自身でありきるならば、永遠的なものと一体《いったい》になって、生かされていくだろう。それが病気から回復《かいふく》することでも、また自分の人生を本源的に回復《かいふく》することでもあるだろう。

私の信仰生活にささやかな平穏《へいおん》が訪れていた。午前の仕事が終《お》わると、午後は施設《しせつ》で、夜は自助グループで、ミーティングを受けた。そして時には、教会で祈りを捧《ささ》げることもあった。悲しみも苦しみも共有《きょうゆう》できれば、生きる喜《よろこ》びに変わる。私は子供の頃、死に至る病《やまい》を病《や》んだ人々と悲しみを共有《きょうゆう》して生きようとして、医者になろうとしたことを思い出し、今更《いまさら》のごとくそんな生き方がよみがえってきたことを喜《よろこ》んだ。それにしても、何と時の流れは私の人生を巻《ま》き込んで、過去のことを遠い昔の思《おも》い出《で》にしてしまったことだろう。

そして、そんな生活に勤《いそ》しんで七年、施設に来て十一年の歳月《さいげつ》が流れ、私は六十四歳の老人になっていた。自《おの》ずから老い衰《おとろ》えていく私の肉体には、日々の仕事も施設の生活も辛《つら》いものになっていた。それに古い仲間たちが去《さ》っていく中で、私もまた自分の考えを使ってはならないという集団生活が、無限《むげん》に繰り返されることに倦《う》み疲《つか》れて、自由を欲《ほっ》するようになっていた。そして、私は郷愁のような孤独への衝動に駆《か》り立てられていった。この施設《しせつ》を出て、孤独になって死んでいった仲間は、数知《かずし》れなかったが、それでもこの施設を出たいと思《おも》った。あるいは、せめて信仰さえ共有《きょうゆう》できたなら、私は施設に残っていたろう。しかし、施設はいつしか修道院から独立《どくりつ》して、信仰を否定するものになっていた。神の支配は人の支配に変わり、修道《しゅうどう》生活は不可解《ふかかい》な恐怖体制に変わっていた。私は自らを神に捧《ささ》げることはできても、人に捧げることはできなかった。私は自《おの》ずから去《さ》って行かなければならなかったのだ。そんな折《お》り、私は施設長のある非難《ひなん》を受け容れて、施設を去ることにした。そして、自《おの》ずから教会からも去《さ》ることになった。

やがて老いと共に、体も弱って働《はたら》けなくなり、障害者の仕事場からも、そのあとで身《み》を置いた作業所からも身を引《ひ》いていかなければならなかった。そうして、私はわずかばかりの生活保護費に支《ささ》えられた独り暮らしの老人となっていった。侘《わび》しい四畳半《よじょうはん》の生活だった。そこで考えることは、寂《さび》しいことが多かった。過去、愛する人を失《うしな》い、共に戦った友を失い、彼らを取り戻す試みにも失敗した。アル中からなかば回復《かいふく》してきたからといって、これから自分に何があるだろう。あとは苦しんで老醜《ろうしゅう》をさらし、孤独死を待《ま》つばかりではないか。この屍《しかばね》を誰が葬《ほうむ》ってくれるだろう。私の人生は殺伐《さつばつ》とした闇に向かって流《なが》れていた。そして、深まっていく孤独は、凍《こお》るような悲しみとなり、アルコール中毒の禁断症状《しょうじょう》を誘発した。しかし、飲めば間違《まちが》いなく死に至《いた》るだろう。

追い詰められた私は、それでもなおひたすら孤独であろうとし、死に至《いた》る恐怖の海原《うなばら》を漂《ただよ》いながら、ただ祈《いの》り続けることしか知らなかった。そして、長い時を経て、祈りとは死を受け入《い》れてなおも永遠的に生きようとして、すべてを委《ゆだ》ねる行為であることに思い至《いた》った。

古《いにしえ》の人は、神（あるいは仏《ほとけ》）は、我々を救《すく》い取ろうとして、自らの中へと我々を回《まわ》し向けていくという。それが我々に於《お》いて信仰（あるいは念仏）として現われるという。それゆえ、信仰は人間の業《わざ》ではなくて「人間に於《お》ける神（あるいは仏）の業《わざ》」なのだという。往生《おうじょう》とは、自己自身（疎外されてありきること、罪《つみ》びとでありきること）（死への関わり）によって、永遠的なものに回し向けられ、それに命を委《ゆだ》ねる行為だった。それが救《すく》われるという行為《こうい》だった。

そして、私はふと、自分が死に掛《か》かった時のことを思い出した。それは私がまだ若かった頃、車に撥《は》ねられて重傷を負《お》った時のことだった。私は数センチばかりの雪の積《つ》もったアスファルトの路面に投げ出されて気を失《うしな》っていた。そして、自分のうめき声を遠くに聞きながら、意識を取り戻《もど》した。その生と死のはざまには、不思議に何の痛《いた》みもなく、ただ永遠の静《しず》けさがあるばかりだった。私はあの死の静けさを思《おも》い出して、死の恐怖に耐えようとした。「死は神から与えられた命《いのち》を、神に返《かえ》すことである」という。そうであれば、死に惜《お》しんで命を抱え込み、死の恐怖に怯《おび》えるなど愚《おろ》かなことだった。

勿論《もちろん》、悟らなくてもいいのだ。死を恐れ、罪の意識に苛《さいな》まれ、煩悩に苦しみ、絶望に病《や》んでいいのだ。なぜなら、人は死を受《う》け容れてなおも、生きようとすることによって、永遠《えいえん》へと回し向けられていくものなのだから。

確かに、私は、過去、絶望（無力）から逃《のが》れようとして、さらなる絶望に陥《おちい》ってきた。そして、その絶望の故《ゆえ》に孤独となって、自分を愛してくれた人々をあとに残して去《さ》ってきた。それがために私の人生《じんせい》はすべて絶望となっていた。しかし、絶望は、それと認めさえすれば、実存すべく、信仰すべく、永遠《えいえん》的なものへと回し向けられていく自らの摂理《せつり》だった。だから、たとえ、その時々の私がどんなに絶望に囚《とら》われていたとしても、今《いま》となってみれば、すべてはそれでよかったのだ。私は自分《じぶん》の絶望のすべてを自らの摂理として受け容れ、それでありきることによって、青春の日に見た永遠的なものへと回《まわ》し向けられていく自分を感《かん》ずるのだ。それがすべてを取り戻すことにもなるだろう。それが死ぬことにも、生《い》きることにもなるだろう。それが「あの世とかこの世とか忘《わす》れる」ということなのだ。

そして、私は七十歳を過ぎてさらに老《お》いさらばえていった。精神的には惚《ぼ》けたせいか、なかなか言葉が浮かんでこなくなった。そして、そこにはなおも青春のトラウマに苦しみ、悪夢に苛《さいな》まれる自分がいた。肉体的には、さらに悲惨だった。肺が縮《ちぢ》んだせいか、声がかすれ、息切れがひどくなった。腎臓も弱って、皺《しわ》のよった顔はむくんで醜く歪《ゆが》んでいた。そして腰が軋《きし》んで痛み、歩くことはおろか、眠ることもままならなかった。老いが野良犬のように襲《おそ》いかかってきて、体に噛《か》み付いて離れなかった。まるで苦しむために生《い》きているようなものなのだ。死はすぐそこまできていた。それでも痛みの和《やわ》らぐこともあって、そんな時には生かされている喜びに満《み》たされもした。そして生きているかぎり、ただ書くことが慰《なぐさ》めとなった。

（青春の日に書き損じた疎外論を完成《かんせい》したかった。自己自身から疎外された労働（自己疎外）に根差した資本の社会は、自己自身であろうとすることによって、自らを取り戻すという実存の戦いによって、救われるであろうことを証《あか》したかった。）

そんな折りに触れて、私はよく子供の頃のことを夢のように思い出した。家の近くの丘《おか》の上に寝殿造《しんでんづく》りを模《も》した豪邸があって、不気味な空き家となっていた。今は亡《な》き村長の邸宅《ていたく》だったというが、その家族はどこに行ったのだろう。栄光《えいこう》の一族はどうして没落《ぼつらく》していったのだろう。誰もいないと思っていたが、夏草の生い茂《しげ》る庭の片隅に、小さな小屋があって老婆が住んでいた。独《ひと》り残された彼女は背をこごめて体の痛みに耐《た》えていた。彼女はその体でどうやって生きていたのだろう。風雪に色褪《いろあ》せていく楼閣《ろうかく》を見守りながら、何を思ったことだろう。凍《こお》るような孤独の中でただ祈《いの》りながら死んでいったのだろうか。私もまた彼女と同じような年になって、同じ悲しさを味《あじ》わっているのには違《ちが》いなかった。子供のころに見たあの老婆は、今の私の似姿《にすがた》だったのだろうか。これが誰もが行き着く無常《むじょう》ということなのだろうか。

〈著者プロフィール〉
田中敏之（たなか としゆき）
1951年、鳥取県生まれ。72年、早稲田大学第一文学部哲学科入学。学生運動に参加。75年、帰郷して『疎外論』を執筆するも未定稿に終わる。85年、倉吉の新聞販売所に就労。92年、南販売所の所長となる。97年、アル中により改廃。05年、大阪メリノール・アルコール・センターに収容される。16年、出所。

荒野《こうや》の果《は》て

2024年2月16日　第1刷発行

著　者　　田中敏之
発行人　　久保田貴幸

発行元　　株式会社 幻冬舎メディアコンサルティング
〒151-0051　東京都渋谷区千駄ヶ谷4-9-7
電話　03-5411-6440（編集）

発売元　　株式会社 幻冬舎
〒151-0051　東京都渋谷区千駄ヶ谷4-9-7
電話　03-5411-6222（営業）

印刷・製本　中央精版印刷株式会社
装　丁　　弓田和則

検印廃止

ISBN 978-4-344-69017-2 C0095
幻冬舎メディアコンサルティングＨＰ
https://www.gentosha-mc.com/